Darhan
LE VOYAGEUR

Dans la même série

Darhan, La fée du lac Baïkal, roman, 2006.
Darhan, Les chemins de la guerre, roman, 2006.
Darhan, La jeune fille sans visage, roman, 2006.
Darhan, La malédiction, roman, 2006.
Darhan, Les métamorphoses, roman, 2007.
Darhan, L'esprit de Kökötchü, roman, 2007.
Darhan, L'empereur Océan, roman, 2008.

SYLVAIN HOTTE

DARHAN

LE VOYAGEUR

Les Éditions des Intouchables bénéficient du soutien financier de la SODEC et du Programme de crédits d'impôt du gouvernement du Québec.

Nous remercions le Conseil des Arts du Canada de l'aide accordée à notre programme de publication.

Nous reconnaissons l'aide financière du gouvernement du Canada par l'entremise du Programme d'aide au développement de l'industrie de l'édition (PADIÉ) pour nos activités d'édition.

LES ÉDITIONS DES INTOUCHABLES
4701, rue Saint-Denis
Montréal, Québec
H2J 2L5
Téléphone : 514-526-0770
Télécopieur : 514-529-7780
www.lesintouchables.com

DISTRIBUTION : PROLOGUE
1650, boulevard Lionel-Bertrand
Boisbriand, Québec
J7H 1N7
Téléphone : 450-434-0306
Télécopieur : 450-434-2627

Impression : Transcontinental
Maquette de la couverture et logo : Benoît Desroches
Infographie : Geneviève Nadeau, Roxane Vaillant
Illustration de la couverture : Boris Stoilov

Dépôt légal : 2008
Bibliothèque et Archives nationales du Québec
Bibliothèque nationale du Canada

ISBN : 978-2-89549-303-7

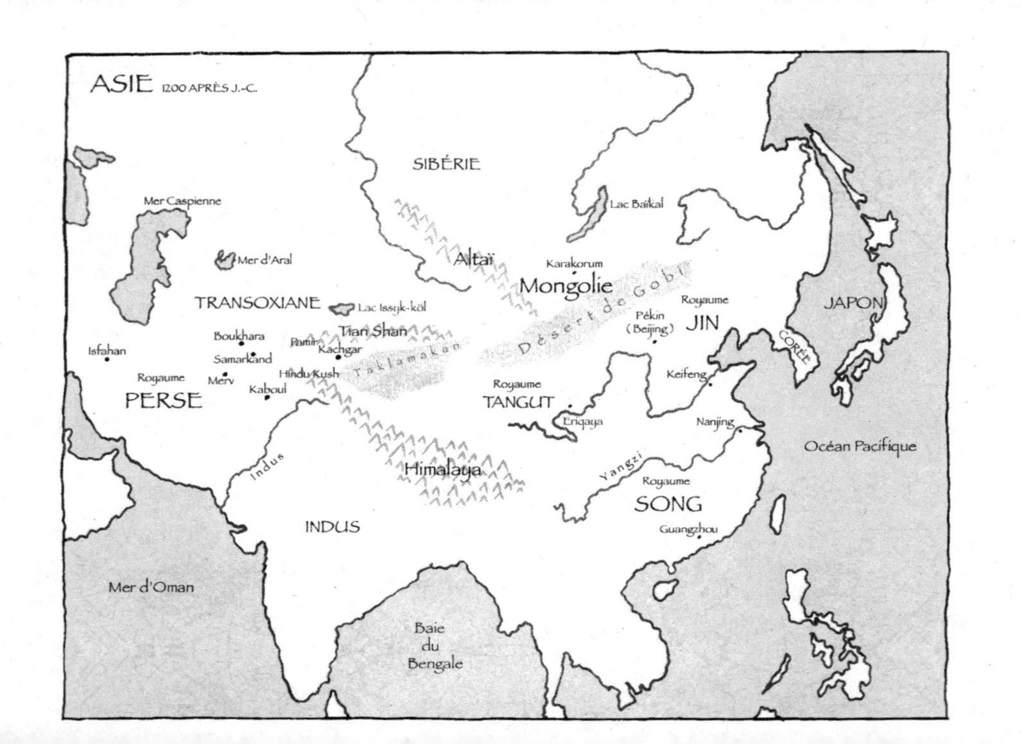
ASIE 1200 APRÈS J.-C.
SIBÉRIE
Mer Caspienne
Lac Baïkal
Mer d'Aral
Altaï
Karakorum
Mongolie
Désert de Gobi
TRANSOXIANE
Lac Issyk-köl
Royaume
JIN
JAPON
Pékin
(Beijing)
Tian Shan
Boukhara
Pamir
Kachgar
Isfahan
Samarkand
Taklamakan
CORÉE
Royaume
PERSE
Merv
Hindu Kush
Kaboul
Keifeng
Royaume
TANGUT
Eriqaya
Nanjing
Océan Pacifique
Indus
Himalaya
Yangzi
Royaume
SONG
INDUS
Guangzhou
Mer d'Oman
Baie
du
Bengale

CHAPITRE 1

La petite sorcière de Kashgar...

C'est un soleil magnifique qui se leva, ce matin-là, sur la ville de Kashgar. La nuit avait été fraîche et la rosée, abondante ; l'eau qui s'était déposée ici et là pendant la nuit perlait sur tout ce que rencontrait le regard. Maisons, arbres ou cailloux, tout scintillait sous les rayons du soleil. Déjà, si tôt en cette saison printanière, l'astre solaire pouvait être impitoyable lorsqu'il arrivait au zénith. Il fallait repérer des endroits ombrageux où passer la journée si l'on ne voulait pas être brûlé vif.

Les activités allaient bon train dans la ville en cette jolie matinée. Les marchands s'installaient pour leur journée de travail et, déjà, il devenait difficile de circuler dans certaines grandes artères de la ville, principalement celles qu'empruntaient les bergers et les éleveurs de bovins, qui se déplaçaient dans un vacarme ahurissant.

Dans les bas quartiers, plus vivants la nuit que le jour, l'ambiance n'était pas du tout la même. On y faisait des affaires la nuit. Sur la grande place, si agitée la veille, il ne restait plus que les braises des multiples feux qui avaient brûlé quelques heures auparavant. Des vagabonds erraient, fouillant çà et là à la recherche d'une ou deux pièces ou de quelque chose à revendre pour une bouchée de pain.

Dans le paysage de ce quartier pauvre où vivaient tout ce que la ville comptait de fripouilles et de misérables, une petite maison détonnait. Contrairement aux autres habitations dont les murs étaient constitués de pierres du désert rouges ou brunes, ou encore étaient blanchis à la chaux, celle-ci était faite de vieilles pierres très dures qui venaient des montagnes et qui lui donnaient un aspect gris foncé et luisant. Elle avait été bâtie très longtemps auparavant, avant même que ne soit construit ce quartier. On affirmait que ce petit bâtiment, coincé dans une petite rue, avait plus de mille ans et qu'il était le vestige d'un ancien caravansérail, sur la route du désert.

Cette maison étrange était coiffée d'une grosse cheminée qui fumait jour et nuit. La plupart du temps blanche ou grise, la fumée qui en sortait prenait parfois des teintes étranges, presque inquiétantes. Dans ces moments singuliers, des odeurs circulaient dans le quartier ; odeurs bizarres qu'aucun nez n'avait jamais senties de toute sa vie.

On aurait pu penser que l'homme qui habitait pareille maison était mal vu ou même considéré comme un indésirable. Mais ç'aurait été mal connaître les habitants des bas quartiers, gens de condition plus que modeste qui craignaient davantage les riches et leurs soldats que les personnages étranges ou hauts en couleur. De toute manière, cet homme demeurait dans cette maison depuis si longtemps que tous le connaissaient de près ou de loin. Et s'il parlait très peu, tous s'empressaient de lui dire bonjour lorsqu'ils le voyaient passer. En guise de réponse, il se contentait de hocher la tête.

C'était un apothicaire et un médecin. Il partait souvent pour de longs voyages. Ses absences pouvaient durer plusieurs semaines ; genre de pèlerinages qui le menaient un peu partout dans les montagnes du Tian Shan, et parfois jusque dans la steppe au-delà. Il s'occupait à réunir diverses plantes, des champignons et des viscères d'animaux pour confectionner ces potions et autres remèdes qui faisaient sa renommée, mais dont le goût était si infect qu'il fallait être vraiment malade et désespéré pour aller consulter le vieil homme et accepter d'avaler ses terribles concoctions.

Ceux qui le connaissaient depuis longtemps l'appelaient « le vieux Nadir ». Les autres disaient simplement « l'Afghan », parce qu'il était originaire des tribus de montagnards de la région de Kaboul. Personne ne savait à quelle époque il s'était installé à Kashgar. Certains affirmaient qu'il était arrivé là des centaines d'années auparavant, mais ces propos insensés étaient toujours qualifiés de balivernes.

Ce matin-là, alors qu'il finissait de boire son thé, le vieux Nadir fut très surpris d'entendre quelqu'un cogner à sa porte. D'ordinaire, on ne venait le consulter que l'après-midi, les habitants du quartier sachant très bien qu'il réservait ses matinées à l'étude. Il alla ouvrir, de fort mauvaise humeur, mais son expression changea du tout au tout lorsqu'il vit, sur le pas de la porte, une fille d'à peine douze ans. Il n'y avait généralement que les vieilles mégères qui venaient le consulter au sujet des soins à apporter à leurs rejetons.

– Qu'est-ce que tu veux, gamine ? fit le vieillard. Je n'ai rien pour les mendiants.

– Bonjour, monsieur Nadir, répondit la visiteuse, qui avait un magnifique sourire et de grands yeux très lumineux. Je ne suis pas venue mendier, mais vous consulter.

Le vieillard fut aussitôt charmé par cette jeune fille qui faisait preuve de savoir-vivre.

Il redressa son dos voûté et fit un effort pour sourire, dévoilant les quelques dents qu'il lui restait.

– Tu me rappelles mes bonnes manières, et avec raison. Mais pourquoi vouloir me consulter ?

– J'ai un ami qui souffre beaucoup. On m'a dit que je pouvais trouver chez vous certains ingrédients nécessaires à la fabrication de remèdes.

– C'est peut-être vrai... Et qu'est-ce qu'il a, ton ami ?

– Il a eu un grave accident. Ses jambes étaient si mal en point que le médecin a dû les amputer. Sa fièvre ne cesse d'augmenter et j'ai peur qu'elle ne le fasse mourir dans les prochains jours.

Le vieil homme invita la jeune fille à entrer chez lui, ce qu'elle fit sans se faire prier, se glissant rapidement dans la vieille maison de pierre.

Mia était restée un long moment dans la rue à regarder cette habitation étrange. Sans même avoir rencontré le vieux Nadir, elle sentait qu'elle avait trouvé ce qu'elle cherchait. Il lui avait fallu poser quelques questions à des passants, la nuit précédente, pour qu'on lui indique cet endroit hors du commun où vivait, disait-on, un vieil apothicaire.

En entrant dans la demeure du vieillard, la jeune fille poussa un petit cri de surprise. Il y avait là, outre la grosse cheminée, une quantité astronomique de récipients de terre et de verre contenant les produits les plus inusités. Les mains jointes devant elle, Mia paraissait enchantée. Elle allait d'une étagère à l'autre en posant une multitude de questions au vieux Nadir. Celui-ci n'arrivait pas à suivre la cadence imposée par l'esprit foisonnant de sa jeune invitée qui semblait vouloir tout connaître sur le contenu de sa pharmacie.

Après qu'elle se fut renseignée sur les poudres de champignons et de pierres, les viscères de reptiles et d'autres animaux conservés dans la saumure et les nombreuses herbes séchées qui pendaient du plafond, elle sortit un vieux parchemin d'un sac de cuir qu'elle portait à la taille. Elle le déroula, puis le posa sur une table.

– Une vieille amie m'a donné ça. Elle m'a dit qu'on pouvait s'en servir pour apaiser les douleurs les plus affreuses et prévenir la gangrène. J'ai pu réunir plusieurs ingrédients en parcourant les alentours de Kashgar. Malheureusement, il m'en manque quelques-uns et il semble que ce soient les plus importants.

Nadir ne répondit pas. Il regardait seulement ce parchemin étrange fait de peau de serpent ou de poisson. Il s'étonnait de son élasticité et de sa transparence. On pouvait presque voir au travers. Puis, il lut ce qui était écrit dessus. Il gratta les longs poils gris qui lui poussaient au menton.

– Cette amie qui t'a donné cette formule, comment s'appelle-t-elle ?

– Elle s'appelle Koti.

– Koti…, répéta le vieil homme du bout des lèvres.

Cette formule ressemblait à l'une des siennes, mais avec quelques variantes qui l'intriguaient. S'il connaissait des remèdes pour calmer la douleur, il ignorait comment guérir la gangrène chez un homme à qui l'on avait coupé les deux jambes. Il devait s'agir de quelque chose qu'il ne connaissait pas.

Le vieux Nadir reconnaissait les traits des peuples de Mongolie chez cette jeune fille. Il était conscient de la puissance des chamans qui vivaient là-bas et qui savaient communiquer avec les esprits.

– Si je t'aide à trouver les principaux ingrédients de cette formule, dit-il, est-ce que tu me laisseras la recopier ?

– Euh… oui, répondit Mia. Bien sûr.

– Et est-ce que tu me laisseras assister à la guérison du malade ?

Mia comprit que le vieil homme avait deviné qu'une prière accompagnait la formule que lui avait donnée Koti; une prière puissante dont elle devait conserver le secret. Elle songea cependant qu'il n'y avait aucun danger à laisser Nadir assister à la cérémonie, puisqu'elle ne sentait aucune animosité en lui, seulement une grande curiosité. Et puis, surtout, le temps commençait à lui manquer. Si son état continuait à se détériorer, le capitaine Souggïs ne s'en sortirait pas. Ainsi, comme les demandes du vieux Nadir ne lui semblaient pas extravagantes, elle accepta tout de suite.

L'apothicaire se frotta les mains de satisfaction.

– Tant mieux! Tant mieux! Il y a longtemps que je n'ai pas vu de chaman mongol à l'œuvre.

– Mais je ne suis pas chaman! s'écria Mia, étonnée par cette affirmation.

– Et pourtant, rétorqua le vieux Nadir, tu en as toutes les allures.

Il se pencha vers elle et observa minutieusement ses yeux comme s'il cherchait quelque chose.

– J'ai même l'impression de t'avoir déjà rencontrée.

La jeune fille fut de nouveau stupéfaite. Cette fois, elle demeura interdite et tout à fait coite. Elle n'avait jamais mis les pieds à Kashgar et, surtout, n'avait jamais vu cet apothicaire.

Le drôle de bonhomme alla dans la pièce d'à côté pour rassembler ses affaires. Lorsqu'il revint, il tenait à la main un grand bâton de marche et portait à la taille un sac de voyage.

– Mais où allons-nous ? demanda Mia.

– Nous partons à la cerisaie.

– La cerisaie ?

– Oui. Je suis propriétaire d'une cerisaie dans les montagnes. J'y fais pousser des cerises. À cette époque-ci, les arbres doivent être en fleurs. Tu vas voir, c'est magnifique. Si nous sommes chanceux, il y aura quelques coups de vent dans la journée de demain. Les pétales s'envolent alors par millions et tournoient dans tous les sens avant de disparaître dans le ciel. Un spectacle d'une grande beauté, à ne pas manquer. Outre les cerises, je fais pousser des plantes pour mes besoins personnels, dont ce pavot somnifère dont tu auras besoin pour préparer ta recette.

Le vieux Nadir donna rendez-vous à Mia à la porte nord de la ville. Elle s'en alla au pas de course dans les rues de Kashgar, heureuse que tout se passe si bien pour elle. Elle retourna dans ce village, Gor-han, où elle se réfugiait depuis quelques semaines en compagnie de sa mère, de Yol et du capitaine Souggïs. Un fermier leur avait donné la permission de monter leurs tentes dans son jardin. Les gens de la campagne devaient se faire discrets depuis qu'ils s'étaient opposés, en vain, à ce qu'un marchand mongol prenne en main les affaires de Kashgar. On disait même que l'homme en question serait peut-être nommé intendant de la ville par le khān. Et ce, au grand dam de la population de Kashgar qui détesta tout de suite cet être pédant et grossier que l'on appelait Ürgo.

***

Yoni ressortit épuisée de la petite tente où se trouvait Souggïs. L'homme ne cessait de délirer. Heureusement, de vieilles dames du village apportaient à la jeune femme tout ce dont elle avait besoin pour soigner le capitaine : de l'eau chaude ou froide, et du tissu pour les compresses.

Chaque fois, Yoni se confondait en remerciements. Grâce à ces gens et à leur aide précieuse, elle et les siens pouvaient reprendre des forces l'esprit en paix, ou presque.

Après s'être sauvés de chez Ürgo, ils avaient erré pendant plus d'une journée pour fuir les patrouilles de mercenaires ou de gardes qui étaient à leur recherche. Désespérés, ils s'étaient réfugiés au fond d'une longue ruelle où l'on entreposait des sacs de grains, des barils et des jarres de terre cuite. Il y avait là de vieux chariots auxquels il manquait des roues ou des essieux. Pendant deux jours, les fuyards étaient demeurés camouflés entre les chariots et les amoncellements de sacs, ne sachant plus quoi faire pour s'en sortir, s'attendant sans cesse à être découverts.

Souggïs et le jeune mercenaire Gülü veillaient à tour de rôle, à l'affût du moindre bruit.

– Ils ne me prendront pas vivant, foi de capitaine Souggïs, dit le soldat en serrant les dents, les yeux pleins de conviction.

Gülü demeurait interdit, peu sûr d'avoir envie de se battre, surtout aux côtés de cet être étrange qui parlait fort et qui se déplaçait sur ses mains, ses jambes brisées traînant derrière lui. Yoni, emportée par les événements, n'avait même pas eu le temps de s'étonner de l'état dans lequel elle avait retrouvé son compagnon d'infortune, celui qui leur avait si souvent sauvé la vie, à ses enfants et à elle.

– Seigneur ! Souggïs ! s'exclama-t-elle à ce moment. Mais qu'est-ce qui vous est arrivé ?

– Ne vous en faites pas, très chère Yoni, répondit le capitaine. Je suis toujours celui que vous avez connu. Sachez que même la pire des infortunes ne pourra venir à bout de ma volonté.

Des pas se firent alors entendre au bout de la ruelle. Tous retinrent leur souffle pendant que les deux soldats se saisissaient de leurs armes. La petite Yol et sa sœur Mia se tenaient en retrait, dissimulées sous des sacs de grains. Si les hommes d'Ürgo venaient à les retrouver au fond de cette ruelle, elles avaient pour consigne de demeurer cachées et de ne se montrer sous aucun prétexte. Aucune torture, quelle qu'elle soit, n'arriverait à faire parler Yoni. Elle tenait fermement son couteau à deux mains, son esprit concentré sur les pas qui s'en venaient.

– C'est un homme seul, chuchota-t-elle.

– Eh bien, tant pis pour lui ! rétorqua Souggïs.

Aussitôt que l'inconnu se présenta devant eux, après s'être faufilé dans le labyrinthe de sacs et de vieux chariots, il fut violemment renversé par le capitaine, qui s'était jeté sur lui en un bond prodigieux. L'homme, qui ne s'attendait pas à cette charge furieuse, tomba sans opposer la moindre résistance. Épouvanté, il criait :

– Arrgh ! Au secours ! Ne me tuez pas !

Souggïs, avec ses jambes qui pendaient mollement derrière lui, était étendu sur le ventre de sa victime. Il lui mit une main sur la bouche pour le faire taire. De l'autre, il lui serrait la gorge pour l'étouffer.

– Tu vas te taire, espèce de crapule ! Je te reconnais, tu étais avec cette vilaine femme.

L'homme avait le visage bleu, et ses yeux sortaient de leurs orbites à cause de la pression énorme qu'exerçaient les mains puissantes de Souggïs sur son cou. Yoni s'élança vers eux.

– Souggïs, arrêtez, je vous en prie ! Cet homme, c'est… c'est Narhu !

Le capitaine relâcha son étreinte et se laissa glisser sur le sol en maugréant. Le frère de madame Li-li se retourna sur le côté pour essayer de reprendre son souffle. Il toussa, puis cracha. Il se mettait lentement à genoux lorsque Gülü s'approcha avec l'intention de le frapper du pied. Mais Yoni s'interposa pour l'en empêcher.

– Mais madame, s'exclama le jeune mercenaire avec dépit, ce gars-là est parti chercher votre frère pendant que sa sœur nous faisait bouffer du poison !

– Avant de le punir pour quoi que ce soit, réfléchissons et écoutons plutôt ce qu'il a à nous dire. Ce n'est certainement pas pour rien qu'il est venu seul jusqu'à nous, n'est-ce pas, Narhu ? lança Yoni.

L'homme se releva péniblement. Son gros bedon, rond et poilu, sortait de sa chemise qu'il replaça aussitôt dans son pantalon. Il s'éloigna, effrayé par Souggïs qui ne le quittait pas de ses yeux inquisiteurs. Puis, il essuya son visage en sueur avec un mouchoir.

– Vous ne pouvez pas demeurer ici, dit-il nerveusement. Quelqu'un vous a dénoncés, et il s'en est fallu de peu que le message parvienne jusqu'à Ürgo et ses mercenaires. Heureusement, je l'ai intercepté. Mais ce n'est qu'une question d'heures avant qu'ils vous découvrent et vous fassent payer pour votre fuite.

– Et que suggères-tu ? lui demanda Yoni. Nous sommes prisonniers partout dans cette ville. Et il est hors de question que nous partions sans l'amie de ma fille et de mon fils.

– Zara est toujours vivante. Il faut laisser la poussière retomber. Accompagnez-moi. Je connais des gens qui habitent le hameau de Gor-han. Ils se feront un plaisir de vous accueillir.

– C'est un piège ! s'écria Souggïs qui s'avança sur ses poings en expirant fortement par son nez comme l'aurait fait un taureau.

Narhu recula pour se cacher derrière la roue d'une vieille charrette.

– Noooon ! S'il vous plaît, ne me touchez plus. Vous me faites peur !

– Voyons, Souggïs, fit Yoni, un peu de tenue ! Cet homme est venu nous aider, n'est-ce pas, Narhu ? Mais s'il veut qu'on lui fasse confiance, il va devoir nous expliquer pourquoi.

Le frère de madame Li-li devint tout rouge. Visiblement, il n'avait pas l'habitude que l'on soit aimable avec lui. Il regardait constamment derrière lui, semblant inquiet à l'idée d'être découvert. Il lui fallut un certain temps avant de se décider à s'expliquer. Il parla très vite :

– Ma sœur a toujours été méchante avec moi. Elle me traite comme un esclave, et parfois même comme moins qu'un chien. Je lui ai toujours obéi parce qu'elle est mon aînée et qu'elle est la plus intelligente. J'ai très bien connu Zara. Je l'ai connue autrefois, alors qu'elle était la servante de ma sœur. Li-li n'a jamais été gentille avec elle. Elle la battait très souvent pour des peccadilles. J'ai été heureux d'apprendre que la petite servante s'était enfuie, il y a plus d'un an. Mais maintenant, de la voir ainsi de nouveau prisonnière et obligée d'accomplir les tâches les plus ingrates, ça me fend le cœur. Je veux absolument l'aider.

Yoni vit ses deux filles qui s'étaient glissées entre les sacs de grains. Elle sourit en voyant leurs petites figures de gamines, toutes rondes, avec leurs longs cheveux noirs. D'un clin d'œil complice, Mia fit comprendre à sa mère qu'il fallait faire confiance à Narhu. La jeune femme le pensait aussi. Aucune malice ne se dégageait de ce gros bonhomme ; il n'avait agi auparavant que sous la contrainte de sa sœur qui le terrorisait.

Elle s'efforça de convaincre Souggïs et Gülü, qui ne voulaient rien entendre. En bons soldats, ils étaient très méfiants. Finalement, à force d'arguments, le capitaine accepta de se rendre à la raison de Yoni. Le mercenaire, par contre, ne l'entendait pas ainsi et continuait d'afficher un air contrarié. Il regardait ses pieds et hochait la tête lentement de gauche à droite.

– Alors, Gülü, dit Yoni qui connaissait déjà l'issue de cette discussion, tu viens avec nous ?

– Je suis désolé, madame, répondit le mercenaire. Ç'a été un honneur de vous aider. Je suis désolé si les choses ne se sont pas passées comme nous le voulions. Si vous n'y voyez pas d'inconvénient, j'aimerais poursuivre ma route tout seul. Je voudrais quitter cette région pour retourner chez les miens en Mongolie.

Yoni regardait ce jeune homme qui avait risqué sa vie pour les aider à fuir son frère. Cependant, depuis qu'Ürgo l'avait condamné à la décapitation, il n'était plus le même. Ses yeux demeuraient hagards et ses gestes, nerveux. Son teint était pâle, maladif. Pour la première fois de sa vie, il avait frôlé la mort et avait eu très peur. Celle-ci vivait maintenant en lui de façon permanente.

– Je te comprends, Gülü, affirma Yoni avec empathie. Et sache que nous sommes reconnaissants de ce que tu as fait pour nous. Tu seras toujours notre ami.

L'air embarrassé, le mercenaire salua tout le monde, puis disparut d'un pas rapide sans demander son reste.

En compagnie de Narhu, ils attendirent la nuit avant de se glisser furtivement hors de la ville. Le village dont parlait le frère de Li-li n'était situé qu'à quelques kilomètres, et ils arrivèrent très vite dans cette petite bourgade près des montagnes. Là, ils rencontrèrent le chef de Gor-han, un fermier qui les accueillit discrètement en leur indiquant le champ situé à l'arrière de sa maison. Ils y montèrent leurs tentes vers la fin de la nuit et, au matin, ils eurent le bonheur de constater qu'ils s'étaient installés sous les abricotiers d'un jardin où poussaient de nombreux acacias aux fleurs d'un jaune éclatant.

C'est là qu'avaient débuté les premières fièvres de Souggïs. On fit venir un médecin qui déclara que ses jambes étaient gangrenées et qu'il fallait les couper. Ce que fit sans tarder l'homme de science avec une grosse scie, pendant que l'on faisait boire de grandes quantités d'alcool au capitaine pour lui faire oublier la douleur. Ses cris d'agonie, tout le temps qu'avait duré la pénible opération, avaient été épouvantables.

L'homme avait récupéré au fil des jours suivants. Il souffrait encore, mais avait repris ses esprits et pouvait discuter un peu et même sourire en faisant des blagues. Mais la fièvre était revenue rapidement, encore plus violente qu'auparavant, et menaçait maintenant sa vie. Le médecin avait alors affirmé que l'infection gagnait les viscères et qu'il ne pouvait plus rien faire pour le capitaine. Il fallait dorénavant compter sur l'aide des dieux. Depuis, Yoni soignait, avec toute l'attention dont elle était capable, celui qui avait tout abandonné pour ses enfants et pour elle, allant jusqu'à risquer plusieurs fois sa propre vie.

Alors que Yoni vivait ces moments pénibles, quelque chose l'intriguait : le comportement de sa fille aînée, Mia. Depuis quelques jours, cette dernière quittait le village dès qu'elle se levait pour aller se balader dans les montagnes environnantes. Elle ne revenait qu'au coucher du soleil avec toutes sortes d'herbes et de fleurs. Elle posait celles-ci sur un tapis pour les faire sécher avant de les réduire en poudre, ou bien elle les faisait infuser pour en extraire un jus qu'elle conservait dans de petits pots de cuir.

– Mais qu'est-ce que tu fais, ma fille ? lui demanda Yoni un matin.

– Je prépare une potion pour guérir Souggïs.

– Et qui t'a appris à faire une chose pareille ?

– C'est Koti, la sorcière.

Yoni demeura interdite devant l'attitude inusitée de sa fille. Celle-ci avait tellement changé. Déjà, si jeune, elle se comportait comme une femme, ayant des secrets que même sa propre mère n'était pas en mesure de comprendre. Et ce matin-là, encore une fois, Mia quitta le campement pour aller chercher les ingrédients dont elle avait besoin. C'est ce jour-là qu'elle rencontra Nadir, le vieil apothicaire.

Si ses balades se poursuivaient d'ordinaire jusqu'au coucher du soleil, cette fois-ci, Mia revint vers midi. Elle salua sa mère rapidement et se rendit auprès de Souggïs qui dormait. Elle entra ensuite dans sa tente et se mit à préparer son bagage. Yoni la suivit.

– Qu'est-ce que tu fabriques maintenant ? l'interrogea-t-elle. On peut savoir ?

– Je pars pour quelques jours dans les montagnes.

– Il n'en est pas question.

– Mais… maman…

– Je commence à en avoir plus qu'assez de tes cachotteries et de tes petites intrigues, ma fille !

– Mais je t'ai dit que je récoltais les ingrédients afin de préparer une potion pour guérir le capitaine.

– Arrête de dire des bêtises ! J'aimerais que ma fille cesse de rêver et qu'elle fasse preuve d'un peu plus de bon sens. Souggïs va bientôt mourir et il a besoin qu'on soit tous là, avec lui, à son chevet. Quelle sorte de journées crois-tu que je passe à attendre que tu reviennes de tes escapades ? L'angoisse de ne pas savoir où tu es ni ce qui t'arrive m'est insupportable. S'il fallait que les hommes d'Ürgo t'attrapent…

Mia ne dit rien. Elle baissa la tête, se retourna et mit son sac sur son épaule.

– Je suis désolée, ma fille, mais tu ne t'en vas pas d'ici.

– Ce ne sont pas des bêtises, répondit sèchement l'adolescente.

Elle voulut sortir de la tente, mais Yoni la saisit par le bras pour l'en empêcher. Mia lança un regard dur à sa mère.

– Lâche-moi !

Elle avait parlé avec conviction, d'une voix qui ne lui appartenait pas, qui ressemblait à celle d'une très vieille femme. Sa mère n'eut pas la force de la retenir. Elle relâcha son emprise, et son enfant sortit de la tente pour disparaître entre les acacias en fleurs, au fond du jardin.

La jeune femme s'assit sur le sol et plaqua ses mains contre son visage. Elle secouait lentement la tête de gauche à droite. Bientôt, elle sentit la présence de sa plus jeune fille, Yol. Celle-ci s'était approchée discrètement, et elle se mit à lui caresser les cheveux, comme elle-même l'avait fait tant de fois à ses enfants.

– Pourquoi pleures-tu, maman ?

Yoni releva des yeux clairs, humectés par les sanglots qu'elle s'efforçait de retenir.

– Je ne pleure pas. Je suis simplement très en colère contre ta sœur.

– Pourquoi t'es en colère ?

– Parce que… parce que j'ai peur pour elle.

– Il ne faut pas avoir peur. Mia va devenir un grand chaman. Il ne peut rien lui arriver.

Yoni se mit à pleurer à chaudes larmes pendant que Yol, machinalement, peignait ses longs cheveux noirs.

CHAPITRE 2

Le cœur de madame Li-li...

Le soleil se couchait sur les terres arides, à l'ouest de la ville. Il avait fait une chaleur torride pendant la journée et l'on pouvait voir s'élever dans les airs, telles des ondes mouvantes et miroitantes, des visions surnaturelles pour celui qui s'attardait à regarder un point fixe.

– On dirait que je vois des éléphants ! s'exclama une grosse voix bourrue.

L'homme qui avait parlé ainsi appuya sa grosse bedaine sur une balustrade de pierres finement sculptées. L'œuvre, qui témoignait d'une grande richesse, encerclait une terrasse se trouvant au premier étage d'une vaste maison. De cet endroit, on pouvait voir la ville et le désert au loin. L'homme regardait attentivement ce mirage en plissant les yeux.

– Mais non, ce n'est pas un troupeau d'éléphants ! Ha ! ha ! ha ! Ce sont des cailloux. Que je suis bête ! Ce n'est pas croyable !

Il eut un rire gras avant de porter à sa bouche le goulot d'une carafe remplie de vin.

Il en avala une longue rasade, puis posa une main sur la balustrade, étourdi par la montée soudaine des vapeurs d'alcool.

– Eh, misère ! fit-il, je suis fatigué. Je ne dors pas assez et je travaille trop. Ah ! toutes ces affaires dont je dois m'occuper... Mais, bon, soyons réalistes : être riche, ce n'est pas gratuit. Il faut travailler fort, être rigoureux et, surtout, veiller à ses affaires. Parce qu'on est entouré d'envieux.

Il se pencha pour regarder, dans sa cour, deux jardiniers qui discutaient, appuyés sur leurs pelles.

– Bande de misérables profiteurs ! hurla-t-il avec colère, le visage rouge, envoyant d'énormes postillons dans tous les sens. Espèces de fripouilles ! Bandits ! Paresseux ! Je vous paie pour travailler, pas pour discuter comme des bonnes femmes. Allez ! au travail !!!

Les deux hommes cessèrent de parler et reprirent leur tâche qui consistait à retourner la terre afin de la préparer pour les prochaines plantations. En vérité, ils avaient terminé leur journée de travail depuis un bon moment. Mais à voir le maître de maison se mettre dans une colère pareille, ils jugèrent qu'il valait mieux éviter de le contrarier davantage. Ils firent semblant de travailler et, aussitôt qu'il disparut de la terrasse, ils rentrèrent chez eux à la hâte. Ils voyaient bien, à son état misérable, que leur maître était complètement soûl.

Ürgo retourna à sa chambre ; une voix avait appelé son nom. Une voix qui lui semblait douce comme le miel, tel le chant d'une fée. Il tira le grand rideau et se glissa dans sa chambre richement décorée de coussins et de tapisseries, de toutes les couleurs et de tous les horizons.

– Ürgo ! faisait la voix depuis le grand escalier de marbre qui menait à la grande pièce. Ürgo ! Youhou !

C'était madame Li-li. Elle était accompagnée de deux énormes gardes très musclés : son escorte personnelle qui la suivait partout. Surexcitée, elle sautillait sur place en agitant un parchemin qu'elle tenait à deux mains.

L'oncle Ürgo contempla cette femme qui lui semblait la plus belle du monde.

Il faut dire que madame Li-li avait changé du tout au tout. Elle qui, à l'époque de sa petite cantine populaire dans les bas quartiers de la ville, s'habillait de vieilles robes souvent sales ou délavées, était maintenant vêtue comme une reine, drapée des tissus les plus fins et les plus chers d'Orient. Sa gorge était couverte de colliers en or. Des bagues somptueuses, incrustées de pierres précieuses, ornaient ses longs doigts.

– Ah ! madame Li-li, s'écria Urgö, comme je suis heureux de vous voir ! Dans mes bras, je vous en prie.

Elle s'élança au pas de course, sa longue robe de soierie traînant sur le plancher. Elle sauta dans les bras du gros homme. Celui-ci tituba en faisant quelques pas en arrière, mais réussit tout de même, d'une manière peu élégante, à faire quelques tours sur lui-même, sa belle dans les bras.

– Ah ! Ürgo, dit-elle, folle de joie, lorsqu'il la reposa sur le sol. Vous ne devinerez jamais quelle excellente nouvelle je tiens en ce moment entre mes mains…

– Une nouvelle ? lança le bonhomme. Mais quelle nouvelle ?

– Je ne sais pas si je dois vous le dire, ajouta madame Li-li en reculant un peu.

Ürgo sourit à cette taquinerie de sa bien-aimée.

– Oh ! je vous en supplie, dites-le-moi.

– Non, non, non…

– Oui, oui, oui…, répondit Ürgo en s'approchant d'elle, exécutant un petit pas ridicule et secouant la tête comme un dindon.

Madame Li-li s'éloigna encore en tenant le parchemin du bout des doigts comme une carotte que l'on agite devant un âne.

– Allez ! supplia l'homme à la figure toute rouge, dites-moi de quoi il s'agit !

– Avez-vous été sage ?

– Eh bien… euh…

– Vous avez encore fait le mauvais garçon ? poursuivit madame Li-li, l'air coquin.

– Oui ! fit le bêta.

– Alors, il faudra être très gentil avec Li-li, n'est-ce pas ?

– Oh oui ! s'exclama de nouveau Ürgo avec un air de gros toutou.

Il s'éloigna de sa dame et mit une main dans sa poche. Il en sortit une magnifique bague en or sertie d'un énorme rubis d'un rouge éclatant, qui scintillait dans la lumière du soleil couchant.

– Est-ce que cet humble présent sera suffisant pour me faire pardonner et pour vous amadouer ?

Madame Li-li avait ouvert les yeux tout grands. Ceux-ci étaient devenus aussi brillants que le bijou qu'Ürgo tenait au creux de sa main.

– Oh ! mon Dieu, Ürgo ! s'écria-t-elle, en pâmoison. Il… il ne fallait pas.

– Mais bien sûr qu'il le fallait ! Que pourrais-je refuser à la femme la plus extraordinaire du monde ?

– Alors, je veux bien vous annoncer la bonne nouvelle.

Madame Li-li posa une main sur sa hanche et agita le parchemin de l'autre.

– Un émissaire est arrivé il y a moins d'une heure, dit-elle.

– D'où ?

– Il arrivait de Karakorum. Il m'a donné ce document qui porte le sceau officiel d'Ögödei Khān.

– Non !

– Oui ! Ürgo, mon bel amour, vous avez été nommé intendant de Kashgar par l'empereur mongol !

Ürgo demeura bouche bée. Certes, il attendait cette nouvelle avec impatience ; il souhaitait une réponse favorable mais, au fond de lui-même, il n'avait jamais cru qu'une chose pareille fût possible. Sa réputation de marchand le plus riche de la steppe avait rapidement franchi les frontières. On ne se promène pas avec une caravane aussi immense et avec sa propre armée sans attirer l'attention. Les guerres servent à enrichir les vainqueurs, et Ürgo le Mongol en avait bien profité. Le Kuriltaï de Karakorum le savait et cherchait maintenant un moyen d'associer un homme si riche aux affaires politiques. Par conséquent, lorsqu'une demande était arrivée de Kashgar, on l'avait aussitôt acceptée. Ögödei, qui s'occupait des affaires de l'Empire à présent, alors que son père était à l'agonie depuis la conquête d'Helanshan, avait signé les documents que lui avaient tendus ses conseillers.

D'un geste machinal, Ürgo leva sa carafe de vin.

– Madame Li-li, nous devons boire ensemble à cet événement extraordinaire.

– Ah non ! Ürgo ! répondit-elle. Vous savez bien que je ne bois pas. Je ne supporte pas les effets de l'alcool. Par contre, buvez donc à ma santé, vous que le vin rend si beau et si fort.

L'oncle de Darhan ne se fit pas prier. Il avala deux grandes lampées avant de lancer derrière lui la carafe à moitié pleine qui alla se fracasser sur le plancher. Ürgo afficha un air penaud en contemplant les dégâts.

– Oh, madame Li-li, dit-il, je suis désolé. Je me suis encore laissé emporter. C'est la joie que me donne cette nouvelle, vous comprenez ? Je vais tout ramasser immédiatement.

– Ürgo, mon bon ami, répliqua-t-elle, vous vous comportez encore comme un vulgaire berger. Il est grand temps que vous vous ressaisissiez et que vous vous conduisiez comme un souverain. Vous êtes maintenant l'intendant de Kashgar au service du khān. Vous avez des esclaves. C'est à eux de faire ce travail.

Madame Li-li tapa dans ses mains et demanda que l'on fasse venir sa servante personnelle. L'un des gardes partit sur-le-champ et revint quelques instants plus tard accompagné d'une jeune femme.

Celle-ci, bien qu'affichant une féminité certaine, était une femme robuste aux épaules plutôt solides. Malgré ses cheveux ébouriffés et sa robe sale et déchirée, elle gardait le dos droit et avait un regard fier. Les manches de sa robe étaient roulées sur ses bras, laissant voir des coudes usés par le labeur ainsi que de nombreuses ecchymoses qui parsemaient sa peau blessée par les lourdes tâches qu'on lui faisait exécuter à longueur de journée.

Elle s'avança avec un seau et une serpillière, puis ramassa les débris de la carafe et épongea le vin, pour ensuite nettoyer le sol avec de l'eau fraîche. Ürgo et Li-li se tenaient par la taille et regardaient la jeune fille travailler en silence.

– Comme je suis heureuse d'avoir retrouvé ma petite Zara, dit Li-li en appuyant sa tête sur l'épaule d'Ürgo.

– Oui, je vous comprends. La vie n'est pas facile dans ce monde de fous. Il est éprouvant d'être séparé de ceux qu'on aime. Je suis heureux que vous ayez retrouvé votre servante. Si vous saviez comme ma famille me manque… Ma sœur ingrate m'a trahi et elle m'a fait terriblement souffrir. Je devrais lui en vouloir, mais j'en suis incapable. Les liens familiaux sont plus forts que tout.

Une grosse larme coula sur la joue d'Ürgo. Madame Li-li l'essuya délicatement avec un mouchoir blanc.

– Ne vous en faites pas, mon bon prince. Vous avez le cœur aussi grand qu'une montagne. Il y a un dieu pour les bonnes gens. Je suis persuadée que vous retrouverez votre famille très bientôt.

Ürgo acquiesça d'un signe de tête, prit le mouchoir des mains de sa belle, puis se moucha en faisant un bruit affreux.

Zara se tenait debout devant eux. Elle avait terminé sa tâche et demanda si elle avait la permission de se retirer. Ils lui indiquèrent, d'un geste dédaigneux, qu'elle pouvait en effet s'en aller.

Ürgo sortit sur la terrasse, accompagné de madame Li-li. Le soleil était couché, et il ne restait plus qu'une fine ligne orangée à l'horizon, à l'ouest. Les étoiles avaient commencé à scintiller dans le ciel.

– Vous avez remarqué, votre servante? demanda-t-il.

– Non. Qu'est-ce qu'elle a?

– Elle a pris du poids.

– Vous trouvez?

– Oui. Son ventre a grossi.

– Alors, je vais en parler à Narhu, mon frère. C'est lui qui s'occupe de ses repas. Je vais lui dire de diminuer les portions. La gourmandise est un péché, et l'embonpoint, une vilaine maladie.

– Vous êtes vraiment trop bonne, à toujours vous soucier de ceux que vous aimez.

– N'est-ce pas ? dit-elle.

***

Mia devait retrouver le vieux Nadir sur la route des bergers. On appelait ainsi ce chemin parce qu'il était parcouru par les grands troupeaux qui voyageaient dans les montagnes pour atteindre les terres se trouvant plus au nord, ou pour en revenir. En traversant les monts du Tian Shan et leurs sommets enneigés, on pouvait se rendre jusqu'au grand lac Issyk-Köl et, encore plus loin, jusqu'à la steppe au-delà.

L'apothicaire de Kashgar avait donné rendez-vous à Mia sur la route, à une heure de marche de cette bourgade isolée où elle campait avec sa mère et sa sœur. Elle connaissait le chemin par cœur et avait cru que ce trajet se ferait sans encombre. C'était sans compter un désagréable imprévu.

Il faut dire que l'on ne voyait jamais de jeunes filles se promener ainsi, sans être accompagnées d'un adulte. L'époque était difficile, et on rencontrait beaucoup de gredins. Yoni avait raison de s'inquiéter pour sa fille aînée qui était encore toute jeune. Pour éviter les problèmes, durant ses voyages, Mia s'habillait comme un garçon et elle portait un foulard enroulé autour de sa tête, qu'elle ramenait derrière son cou, puis sur son visage. Elle attendait discrètement le passage d'un troupeau, puis marchait à sa suite pour garder les moutons, rattrapant ceux qui s'écartaient des autres. Les bergers ne posaient jamais de questions et la laissaient faire, car, dans ce monde hostile et dévasté par la guerre, c'était là la façon de faire des vagabonds, qui pouvaient ainsi quémander un repas à la fin de la journée en échange de leurs services.

Mia profitait de ces heures de marche pour réciter ses prières. La sorcière Koti lui avait appris tant de choses qu'elle devait constamment faire des exercices de mémoire pour ne pas oublier ces formules qui lui avaient été si utiles jusque-là. Ce jour-là, ainsi absorbée, elle oublia les moutons et, sans s'en rendre compte, elle s'éloigna. Elle fut déconcentrée par les cris d'un troupeau de chameaux qui blatéraient à tue-tête. En levant les yeux, elle vit une cinquantaine de bêtes approchant de ce pas singulier qui les faisait se balancer. Ils étaient guidés par une dizaine de chameliers à l'allure douteuse.

Les animaux avaient une mauvaise laine ; ils semblaient déshydratés et mal nourris, et leurs corps étaient couverts de lacérations. Il n'en fallut pas plus pour que la jeune fille comprenne qu'elle avait affaire à une bande de filous. Elle était persuadée que ces chameaux ne leur appartenaient pas, et qu'ils avaient été volés aux habitants d'un caravansérail quelconque, le long de la route du désert de Taklamakan.

L'homme qui menait la marche avait l'air d'une brute. Il crachait sans arrêt sur le sol une salive brune et dégoûtante. Il s'adressa à Mia avec rudesse :

– Eh, sale gamin ! bouge de là ! Tu fais peur aux chameaux.

La jeune fille s'écarta sans discuter ni même regarder qui que ce soit. Mais l'un des hommes, non satisfait qu'elle ait obéi à l'ordre du guide, se plaça en travers de son chemin. Elle voulut le contourner par la gauche, mais il la saisit par le bras en la brusquant un peu.

– Alors, mon bonhomme, où est-ce que tu t'en vas comme ça ? Tu as l'air perdu, on dirait.

– Eh ! lâche-moi ! Je dois retourner à mon troupeau.

L'homme rigola en regardant derrière lui.

– Ils sont rendus loin, tes moutons. À mon avis, ils ont décidé de faire la route tout seuls.

– Je t'ai dit de me lâcher ! fit-elle, en se débattant cette fois.

Mais elle ne pouvait rien contre la solide poigne du chamelier.

– Ho ! ho ! répondit celui-ci. C'est qu'il va se fâcher, ce sale gamin, hein ? C'est pas vrai que tu vas te fâcher ?!

Les autres membres de la bande s'étaient approchés en rigolant aux plaisanteries de leur compagnon. Ils encerclèrent Mia, désespérée de se retrouver ainsi au centre de ces goujats. Ils avaient tous une vilaine gueule, avec cette peau brûlée si typique de ceux qui parcouraient les déserts. Nul doute que ces hommes étaient des bandits de la pire espèce qui pillaient les voyageurs égarés dans le Taklamakan.

– Laissez-moi partir, implora-t-elle. Mes maîtres s'éloignent avec le troupeau. Je dois les rattraper, sinon ils vont se mettre en colère.

– Lâche-nous avec tes histoires, dit un barbu.

– On les connaît, les gredins de ton espèce. Tu n'es qu'un vagabond. Pourquoi tu ne travaillerais pas pour nous, hein ? Tu vas voir, les chameaux, c'est bien mieux que les moutons !

Tous les lascars éclatèrent de rire à l'unisson.

L'un d'eux, plus âgé que les autres, regardait Mia intensément. Il était demeuré silencieux et affichait un sourire malicieux qui n'échappa pas à la jeune fille. Inquiète, elle recula de quelques pas. Mais il s'avança vers elle et parla d'une voix rauque et déplaisante :

– Je pense que j'ai une surprise pour vous, les gars.

– Une surprise ?! s'écrièrent-ils.

– Ouais, une agréable surprise. Viens ici, gamin…

Il attrapa Mia à deux mains. Furieuse, celle-ci se débattit avec force et réussit presque à lui échapper. Mais les autres la saisirent pour l'immobiliser. Celui qui avait parlé de cette voix désagréable lui arracha son foulard d'un geste brusque. Les longs cheveux noirs de Mia tombèrent sur son dos, son visage se révélant au regard de tous.

– Les gars, s'exclama l'un d'eux, c'est une fille !

– Ouais ! firent les autres. Une fille !

– Youpi !

Surexcités, ils se mirent à la pousser à l'intérieur du cercle qu'ils formaient autour d'elle. Mia, paniquée, ne savait plus du tout comment se sortir du piège qui se refermait sur elle. Elle s'en voulait d'avoir été distraite et de s’être éloignée des moutons. Son esprit incertain cherchait un moyen de calmer ces barbares qui ne cessaient de la bousculer en se moquant d’elle.

– Moi, j’ai toujours pensé que c’était ce qui manquait à notre bande, déclara un grand maigre.

– Exactement, répondit un autre. C’est important, une femme.

– Très important.

– Pour faire le ménage.

– Préparer les repas.

– Pour être mon épouse, clama le malin qui lui avait arraché son foulard.

Un silence lourd tomba sur le groupe. Tous cessèrent de bousculer Mia et levèrent les bras en reculant. L’homme venait de s’afficher comme le chef de cette bande de brigands.

En effet, il était le plus vieux. Il avait des cheveux gris et les traits marqués par la dépigmentation : son visage basané, presque noir, était couvert de grandes taches blanches, ce qui lui donnait un air encore plus sinistre et détestable.

Mia était blême. L’homme fixait maintenant sur elle un regard rempli de convoitise, et une sensation étrange, mélange de peur et de rage, la parcourait de la tête aux pieds. Son cœur battait très fort en faisant circuler le mauvais sentiment dans ses veines, comme si soudainement son sang s'était transformé en vinaigre acide et la brûlait à l'intérieur. L'homme s'avança encore avec un grand sourire.

– Oh oui, ma petite, dorénavant, tu seras ma femme ! Nous irons à Kashgar nous marier devant Dieu et les hommes.

– Ne t'approche pas de moi ! cria-t-elle en secouant la tête de gauche à droite, les yeux fous. Ne t'approche surtout pas !

Tous les autres membres de la bande s'étaient éloignés, laissant leur chef à ses affaires matrimoniales. Celui-ci, d'un geste excessivement brutal, saisit la jeune fille par le bras. Elle devint bleue. Sa vision vira complètement au noir, comme si elle se trouvait au fond d'un tunnel.

Elle hurla si fort que tous les chameliers reculèrent de plusieurs pas comme si un tigre enragé était apparu devant eux.

Le chef de la bande fut foudroyé par une force puissante et inconnue. Un mal terrible le prit aux tripes. Il avait un regard épouvanté, les yeux révulsés. Il tomba sur le sol en position fœtale, les mains sur le ventre, et se mit à vomir abondamment dans la poussière de la route.

Mia s'enfuit pendant que les chameliers se précipitaient vers leur chef qui régurgitait sans cesse, son corps secoué par de violentes convulsions. Trois d'entre eux se mirent à la poursuite de la jeune fille.

En regardant la grande plaine désertique qui entourait la ville de Kashgar, Mia comprit qu'elle n'avait aucune chance d'échapper à ces hommes. Elle avait déployé tant d'efforts pour frapper de stupeur le chef des chameliers qu'elle se sentait passablement affaiblie. Sa vue s'était embrouillée. Elle avait du mal à voir le paysage tout autour, comme si la lumière lui brûlait la rétine des yeux. Sa première réaction fut de s'enfoncer dans le troupeau de chameaux.

Elle se faufila entre les pattes des bêtes avant de tomber et de se retrouver sous l'une d'entre elles. À plat ventre, elle demeura immobile un moment pour tenter de voir si quelqu'un venait vers elle. Les gros chameaux ne bougeaient pas, broutant les maigres herbes qui poussaient entre les pierres, sur cette terre aride.

Les trois brutes la cherchaient en essayant d'écarter les animaux à coups de fouet et de bâton. Les bêtes, d'une nature entêtée, et habituées sans doute à être traitées de la sorte, bougeaient à peine, se contentant de blatérer leur mécontentement. Mia ne tarda pas à comprendre que si elle restait à cet endroit, on finirait par la découvrir. Il lui fallait trouver un moyen de sortir de là.

Et, en effet, elle entendit crier, tout près :

– Ça y est, les gars, je l'ai trouvée, cette diablesse !

Plus loin sur sa droite, un homme s'était accroupi entre les bêtes. À plat ventre dans cette étrange forêt de pattes de chameaux, il la regardait avec un sourire mauvais.

– Allez, ma petite, il ne faut pas avoir peur du mariage. Ça n'a jamais fait de mal à personne.

En levant la tête, Mia s'aperçut qu'elle avait trouvé refuge entre les pattes arrière d'un gros mâle. En bonne paysanne qui connaissait bien les animaux, elle comprit ce qui lui restait à faire. De toutes ses forces, elle frappa le chameau dans les testicules.

La pauvre bête fut terriblement choquée. Elle hurla de douleur et se rua furieusement vers l'avant. Il n'en fallut pas plus pour que les autres chameaux s'emportent à leur tour. Ils partirent dans toutes les directions, bousculant et piétinant les chameliers qui cherchaient la jeune fille. Profitant du désordre, cette dernière détala à toutes jambes et disparut dans le nuage de poussière.

Elle se retourna à plusieurs reprises pour voir si on la suivait. Mais il n'y avait personne derrière. Elle ne voyait qu'une horde de chameaux courant partout sur la plaine, et les chameliers qui essayaient de les rattraper.

La journée était bien avancée lorsqu'elle rejoignit le vieux Nadir. Il l'attendait patiemment à l'endroit où il lui avait donné rendez-vous. Sitôt qu'il reconnut la jeune fille sur la route, il la salua en agitant l'un de ses longs bras tout maigres. Soulagée, elle courut jusqu'à lui.

– Salut, Nadir, dit-elle avec un grand sourire.

– Tu es en retard, répondit-il en regardant le soleil. Je m'inquiétais.

– Je suis vraiment désolée. J'ai été retardée.

– Ah bon… Et par qui ?

– Par des crétins.

CHAPITRE 3

Le commandant Hisham…

La jonque avait grandement souffert de l'attaque sournoise des pirates du fleuve Huang he. Il ne restait que six soldats sur la vingtaine qu'il y avait au départ. Ils s'affairaient vaillamment à éteindre un incendie qui s'était déclaré à la poupe du navire. Des barils d'huile brûlaient, et une fumée épaisse et noire s'élevait vers le ciel. Le pont était couvert de corps inertes que les esclaves qui avaient survécu jetaient par-dessus bord.

Les tribus qui vivaient dans cette zone du fleuve Huang he, sur le plateau désertique de l'Ordos, au sud du désert de Gobi, n'avaient jamais entretenu de relations simples avec les peuples dominants. Ces gens vivaient dans des conditions difficiles et avaient souffert des nombreuses guerres qui avaient opposé, au fil des siècles, les grandes tribus barbares du Nord et les civilisations chinoises des Han. Ainsi, ils valsaient sans cesse entre des allégeances diverses et des traités obscurs, signés à qui mieux mieux avec les Jin, les Tangut et les Mongols.

Depuis que Keifeng s'était soumise à Gengis Khān, les conflits avec ces peuples n'avaient cessé pour les Jin. Ceux-ci devaient constamment remettre les tribus de l'Ordos au pas. Des militaires patrouillaient le long de la frontière poreuse qui séparait les trois empires. Mais ça sentait la fin pour les Jin. Ils avaient menacé le khān en s'alliant avec les Tangut. Et toutes les rumeurs parlaient d'une invasion à venir.

Cependant, rien ne s'était passé comme prévu pour les pirates du fleuve Jaune. Cette jonque militaire qui descendait le cours d'eau aurait dû être une proie facile; l'abordage et la soumission de l'équipage, une simple formalité. Pourtant, lorsqu'ils s'étaient retrouvés sur le pont, les pirates avaient été attaqués par un véritable monstre.

C'était un homme comme ils n'en avaient jamais vu. Il devait faire dans les deux mètres. Ses épaules étaient larges et poilues. On aurait dit une de ces créatures monstrueuses dont on parle dans les légendes, mi-homme mi-ours. La bête avait foncé sur eux, balançant furieusement une hache devant elle, renversant avec une rare violence tous les hommes qui lui faisaient face, incapables de résister à un tel assaut.

La bataille n'avait fait rage qu'un court instant. Les pirates sautaient partout sur le pont, éliminant la plupart des soldats jin. Mais ils n'avaient strictement rien pu faire contre le monstre qui hurlait sans cesse le nom de son dieu, Allah, et qui semblait invincible. Voyant qu'il n'y avait rien à faire, ils avaient déguerpi à bord de leurs petites embarcations de pêche.

C'est plus tard que ces hommes apprirent qu'ils avaient affronté, ce jour-là, le terrible Hisham le Perse.

Appuyé sur le bastingage, le poing levé en l'air, Subaï criait à tue-tête :

– Bande de lâches ! Pirates de mes deux ! Revenez vous battre !

Le petit voleur de Karakorum sauta à pieds joints sur le pont et s'approcha de son compagnon en se frottant les mains de satisfaction.

Le Perse avait jeté sa hache au loin. Son torse était couvert de saleté, de sueur et de sang. Les deux mains posées sur les genoux, il soufflait en gardant les yeux fermés. Ses lèvres bougeaient rapidement. Ses murmures laissaient deviner qu'il remerciait son dieu de lui avoir permis de gagner cette bataille. Son cœur immense demandait pardon pour la mort de ses ennemis.

Subaï lui donna une grande tape dans le dos.

– Hisham, mon ami, ils ont eu leur leçon, je crois. Nous pouvons enfin baisser les armes.

Il rangea son petit couteau dans sa poche et croisa les bras sur son torse.

– Non mais, tu as vu ces peureux ? Tu as vu comment je les ai envoyés par-dessus bord ? Avec mon pied au derrière, voilà comment !... Mais qu'est-ce que tu as ? Tu n'as pas l'air dans ton assiette.

– Laisse-moi tranquille, Subaï. J'ai besoin d'air.

– Besoin d'air ? Hum... moi, je pense que tu as plutôt besoin d'exercice, mon gars. Ce n'est pas normal d'être fatigué comme ça après une toute petite bataille. Tu es un guerrier, c'est ton métier. Tu devrais faire attention à ta santé, sinon tu te feras mettre à la retraite. Ça, c'est sûr.

– Dégage, Subaï ! fit le Perse en agitant la main comme s'il chassait une mouche.

Il s'assit lourdement sur une caisse de bois. Avec un fichu, il épongeait une blessure qu'il avait à l'épaule. S'il était demeuré imperturbable pendant la bataille, il avait encaissé quelques mauvais coups qui, heureusement, n'avaient pas touché les zones vitales.

Les six soldats jin avaient éteint le feu, et il ne restait plus qu'un nuage de fumée qui persistait, en cette journée morose où ne soufflait pas la moindre brise. Pendant que les esclaves continuaient à jeter les corps par-dessus bord, les soldats allèrent trouver Hisham. L'un d'eux, un sergent, se pencha avec déférence.

– Vous êtes un très grand guerrier, et…

– Bof, pas tant que ça ! l'interrompit Subaï, comme si l'on s'adressait à lui.

– N'eût été votre force et votre courage, nous aurions perdu la marchandise, et ce voyage aurait été un désastre pour le roi.

– Mais non, ce n'est rien, continua le petit voleur de Karakorum. Ça fait plaisir, voyons !

Le sergent releva les yeux, confus. Hisham haussa les épaules en regardant vers le ciel. Le soldat poursuivit son discours sans s'occuper du garçon :

– Si la cargaison pouvait arriver comme prévu à Pékin, le roi Aïzong à Keifeng vous serait sans doute très reconnaissant.

– Qu'est-ce que vous voulez dire ? demanda Hisham.

– Nous avons perdu notre maître et capitaine dans cette bataille. Personne ne peut prendre le contrôle de ce navire. Nous ne sommes plus que six soldats, et nous sommes complètement démunis dans ces territoires hostiles.

– Et alors ?

– Alors, si ce bateau pouvait se rendre au bout de son voyage, des gens haut placés vous témoigneraient certainement beaucoup de gratitude.

– Je suis flatté par votre proposition et par votre confiance. Mais je ne peux pas vous aider. Je ne connais rien à la navigation. Et vos intrigues ne me concernent pas.

Subaï avait saisi Hisham par le bras et faisait toutes sortes de grimaces en le tirant vers lui. Le Perse résista un moment, mais face à l'insistance de son jeune compagnon, il s'excusa auprès des soldats et se laissa mener vers l'arrière du bateau, à la poupe.

Le garçon grimpa sur la barre du gouvernail afin que ses yeux se retrouvent à la hauteur de ceux du géant.

– C'est quoi, ton problème, mon gros? lança-t-il.

– Et toi, demi-portion, qu'est-ce qui te prend de faire des manigances comme ça et de me traîner jusqu'ici? On passe encore pour des débiles.

– C'est toi, le débile. Tu te rends compte de ce qu'ils nous offrent?

– Et alors, qu'est-ce que ça peut faire? Je ne vois pas en quoi ça pourrait nous intéresser.

– Comment ça, tu ne vois pas?

– Ces gens nous traitaient comme des esclaves et, maintenant, tu voudrais qu'on les aide ? !

– Mais on s'en fout, qu'ils n'aient pas été gentils avec nous. Qu'est-ce que ça peut faire, gros bébé ? Le passé, c'est le passé. L'important, c'est qu'ils nous prennent maintenant pour des héros.

– Subaï, je ne sais pas comment conduire un bateau.

– Ce que tu peux être bête ! Il semble que nous ayons sauvé une marchandise de toute première importance pour le roi des Jin, tu te rends compte ?

– Du poisson fermenté et des épices ?...

– Et alors, si le roi est un gourmand, qu'est-ce que ça peut faire ? Les soldats nous parlent de récompense !

– Mais la jonque, petit étourdi ! On conduit ça comment, une jonque ?

– Je m'en occupe. J'ai vu comment on fait pendant qu'on ramait. C'est facile, assura Subaï en sautant sur le pont et en mettant ses deux mains sur le gouvernail. On bouge ça, comme ça, et comme ça, et on s'oriente. Facile !

– On le connaît, ton sens de l'orientation. On va finir sur un banc de sable en moins de deux avec toi.

Le petit voleur de Karakorum fit mine de bouder pendant que Hisham soupirait en levant les yeux au ciel, les épaules basses.

– Écoute, Subaï, nous devons absolument retrouver nos amis, et…

– On a dérivé pendant une semaine sur cette coquille de noix. Nos amis sont à plus de trois semaines de marche. Ça ne change plus rien, qu'on soit avec eux ou pas. À l'heure qu'il est, ils sont peut-être tous assis peinards au coin du feu pendant que, nous, on accumule les embrouilles. C'est maintenant qu'il faut agir. Saisissons cette chance inouïe qui se présente à nous. On ramène ce bateau au roi, on empoche le pactole, et hop ! on retourne chez nous pleins aux as. On est les rois du pétrole, tu comprends ?

– Ce que je comprends, c'est que tu as complètement perdu la tête.

– Nous avons la chance de servir un roi. Va-t'en, si tu veux. Moi, je ne passerai pas à côté.

– Ho ! ho ! et tu crois que ce gars-là, le Jin, il va te laisser sa galère. C'est moi qu'ils veulent, gamin.

Hisham cessa de parler. Il regardait le fleuve d'un air absent. La baie se rétrécissait en aval et les eaux semblaient agitées, au-delà. Le Perse pensa à tout le chemin qu'il avait parcouru depuis qu'il était sur cette terre. Son corps était endolori et portait les stigmates des combats passés. Dès son plus jeune âge, on avait fait de lui un esclave. Une fois affranchi, il avait été geôlier, puis soldat. Il avait fait la guerre, on l'avait fait prisonnier, battu, condamné aux travaux forcés. Il ressentait une profonde lassitude.

Il savait que, de toute sa vie, on ne le considérerait jamais autrement que comme un gros homme sans cervelle. Toujours, on ne lui offrirait que les pires métiers; on lui ferait accomplir toutes les sales besognes à cause de sa force et de son affabilité. Peut-être Subaï avait-il raison en disant que c'était là l'occasion pour eux de se sortir d'une situation misérable et de gagner un peu d'honneur. Le khān ne saurait jamais qu'ils existaient. Peut-être qu'en effet, il y avait un peu de gloire à aller chercher chez les Jin… et de l'argent, bien sûr.

Hisham se retourna et marcha d'un pas déterminé vers les soldats jin.

– C'est d'accord, nous allons conduire ce bateau pour votre roi.

Les six soldats s'inclinèrent très bas pour lui témoigner leur plus profonde gratitude.

– Je suis le sergent Wan-feï. Nous sommes infiniment heureux que vous ayez accepté.

– Vous croyez que nous allons subir d'autres attaques ?

– Nous ne savons pas si cet abordage était planifié ou si c'était seulement le fruit du hasard. Ces pirates s'en prennent aux bateliers et à leur cargaison de manière aléatoire. S'il s'avérait que ce n'était pas un hasard, alors, forcément, il faudra être sur nos gardes et s'attendre à avoir d'autres difficultés.

***

Nadir mena la marche dans les montagnes, et ce, jusque dans la soirée. Malgré son âge avancé, il allait toujours d'un pas ferme sur ses longues jambes très maigres. Il faisait de grandes enjambées pour franchir les obstacles sans jamais donner l'impression d'être fatigué. Et toujours, au sommet d'une côte, après un effort considérable, il s'arrêtait pour respirer à pleins poumons et contempler le paysage d'un air satisfait.

Mia le suivait péniblement. La jeune bergère, qui était habituellement si énergique et pleine d'entrain, avait de la difficulté à suivre le rythme imposé par le vieil apothicaire. Le souffle court, ses jambes molles peinant à la soutenir, elle se sentait comme la moitié d'elle-même ; un peu comme si elle avait laissé une partie d'elle sur la plaine, près de Kashgar.

– Ça va ? demanda le vieillard.

– Oui, fit-elle en arrivant au sommet de la côte. Je… je cours depuis tant de jours pour aider Souggïs. Je ne dors pas beaucoup, non plus. Je pense que je suis un peu épuisée.

L'homme sourit avec empathie en acquiesçant d'un signe de tête. Mais il ne semblait croire qu'à moitié les explications de sa nouvelle amie.

– Une fois arrivés à la cerisaie, nous profiterons d'une bonne nuit de sommeil. Le calme qui règne dans les montagnes est magique. Il peut apaiser les esprits les plus angoissés.

– Mais les orages peuvent créer les pires tourments.

– Pourquoi dis-tu une chose pareille ?

Mia semblait nerveuse. Ses yeux tristes regardaient dans toutes les directions. Ils avaient pris une pâleur étrange. Le vieux Nadir se pencha pour les examiner. Il les scruta avec attention jusqu'à ce que la jeune fille, agacée, le repousse.

– Je ne sais pas pourquoi j'ai dit ça. C'est seulement une impression.

– Ce n'est pas une simple impression. C'est la vérité. Lorsque le vent souffle en tempête, les montagnes se mettent à hurler à l'agonie.

On dit alors que les géants sont en colère. Mais, ce soir, je te le promets, rien de tout cela n'arrivera. Ce sera une belle nuit.

L'homme avait parlé en regardant le magnifique ciel bleu et rose. La pénombre s'installait dans les montagnes. Ils parvinrent à la cerisaie au début de la nuit.

La vieille maison que possédait Nadir était en fait un refuge construit avec de la pierre. Le sol était en terre battue. Il y avait une table cassée au niveau du sol et un petit foyer.

Sans dire un mot, Mia, épuisée, s'installa dans un coin. Elle s'enroula dans son foulard et s'endormit, ses jambes ramenées contre elle. Nadir lui avait offert de partager son repas, mais elle avait refusé, prétextant une légère nausée. Sans discuter, l'apothicaire avait allumé un feu pour faire chauffer un peu d'eau. Il but une tasse de thé, puis sortit discrètement pour aller marcher.

Mia s'éveilla en sursaut. Elle entendait les pas du vieil homme qui s'éloignait à l'extérieur. Pourtant, chose étrange, elle sentait une présence près d'elle dans la cabane. Elle était extrêmement nerveuse. Son cœur se mit à battre très fort et de la sueur froide lui coula dans le dos. Prenant son courage à deux mains, elle se retourna d'un bond vers la pièce qu'elle scruta rapidement.

Le feu allumé par Nadir avait perdu de sa vigueur. Quelques petites flammes ne dégageaient plus qu'une infime lueur qui faisait danser des ombres sur les murs du refuge. Mia, qui ne voyait rien, sentait bien cette présence, telle une chose qui aurait été tout près et lui aurait tendu la main, qui aurait respiré presque dans son cou.

Elle marcha à quatre pattes jusqu'au feu. Comme si elle cherchait un peu de réconfort près de la chaleur pour se débarrasser de ces frissons qui lui parcouraient l'échine. La braise brûlante lui chauffait la figure. C'est alors qu'elle sentit une main se poser dans son dos. Elle se retourna en hurlant.

Son sang était glacé. Elle aurait voulu reculer jusqu'à disparaître, mais la chaleur du feu, derrière elle, l'en empêcha. Incapable de bouger, elle contemplait une forme noire qui se glissait sur le sol avec un « flic ! flac ! ». Cette chose respirait fort et péniblement. Elle l'appela par son nom.

– Mia, ma petite, je te sens, mais ne te vois pas.

La jeune fille reconnut cette voix, non pas à son timbre, qui était trouble, mais à son intonation bien particulière. Une voix que jamais elle n'oublierait. Celle de son mentor, son enseignante.

– Koti? fit-elle, incertaine, en tendant une main vers l'ombre. C'est toi? Je ne te reconnais pas. Mais tu es tout près de moi.

– Je courbe les parois des mondes parallèles pour venir jusqu'à toi. Mais nous sommes si éloignées.

– Je… Koti, je ne sais pas comment…

– Nous allons bientôt disparaître dans le rêve.

– Comment, disparaître? Koti! Qui va disparaître? Koti!

La porte s'ouvrit brusquement et le vieux Nadir entra. Il se tint un moment immobile sur le seuil de la porte et regarda la jeune fille à genoux sur la terre. Son regard demeurait fixé devant elle, hagard. Ses petits yeux étaient translucides. Elle se glissa jusqu'au mur et s'enroula de nouveau dans son grand foulard en s'étendant sur le sol.

– Tu m'as dit que cet endroit était tranquille. J'ai fait un cauchemar.

Nadir remarqua qu'à ses pieds, la terre était détrempée. Il s'accroupit, toucha le sol et releva sa main tachée par une vase verdâtre. Il regarda la jeune fille qui dormait dans son coin. L'air satisfait, il s'assit devant le feu pour se préparer une autre tasse de thé.

***

Mia s'éveilla avec l'impression de revenir de très loin. Elle s'assit en frottant ses yeux lourds et encore tout collés de sommeil. Il lui fallut un temps fou pour reconnaître l'endroit où elle avait passé la nuit, pour remettre de l'ordre dans ses idées. La lumière éclatante d'un soleil radieux entrait par la porte entrouverte. Nadir avait eu raison et elle s'en voulait d'avoir été abrupte avec lui, la veille au soir. Elle avait très bien dormi dans les montagnes. Constatant que toute son énergie était revenue et que son épuisement de la veille avait presque disparu, elle se leva et sortit prendre l'air.

À peine eut-elle mis le pied à l'extérieur qu'elle fut éblouie par le spectacle magnifique des cerisiers en fleurs. Les arbres s'alignaient à l'infini devant le refuge, dans une symétrie presque parfaite. Les insectes par milliers bourdonnaient, enivrés par la couleur et par le pollen des arbres fruitiers. Au loin, quelques chèvres de montagne broutaient goulûment l'herbe haute, n'interrompant leur repas que pour lever la tête et observer la jeune fille.

Mia marcha un moment pieds nus dans l'herbe, saisissant les pétales roses entre ses orteils. Après un court instant de ce petit jeu qui la faisait rigoler toute seule, elle partit à la recherche de Nadir.

Elle le trouva à l'arrière du refuge, dans un petit jardin où poussaient beaucoup de fleurs. L'homme pressait les boutons entre ses doigts pour en extraire une sève brunâtre qu'il déposait sur une palette de bois. Il travaillait avec minutie, accomplissant des gestes fins qui ressemblaient presque à un cérémonial.

En apercevant la jeune fille, Nadir lui adressa de nouveau son grand sourire si expressif. Décidément, cet homme semblait toujours d'excellente humeur. Mia ne put s'empêcher de sourire à son tour.

Le vieillard lui fit signe d'approcher en agitant l'un de ses longs bras qui ressemblaient à des roseaux secoués par le vent.

– Avec la sève du pavot somnifère et la poudre jaune que je vais extraire des renoncules récoltées plus tôt ce matin, tu pourras préparer ta recette et guérir ton ami.

– Merci, Nadir. C'est très gentil de te donner tout ce mal.

– Bah… ce n'est rien. Je suis heureux de pouvoir aider une collègue. Et, même à mon âge avancé, c'est toujours un plaisir d'apprendre de nouvelles choses.

Mia se frotta les yeux. Puis, elle s'empressa d'essuyer quelques larmes avec son foulard.

– Ça va?

– C'est le soleil. Il me brûle les yeux.

L'apothicaire s'approcha de la jeune fille pour scruter ses yeux. Il fit de l'ombre en plaçant son dos face au soleil et observa longuement ses rétines en caressant sa barbiche d'un air soucieux. Elles étaient d'un brun très pâle, presque gris. La pupille, d'ordinaire d'un noir très profond, était rouge foncé.

– Ça fait longtemps que tu as des problèmes avec ta vision ?

– Je ne sais pas. Euh... oui, je pense. Depuis l'automne dernier, j'ai l'impression qu'elle diminue, que je ne peux plus voir aussi loin ni aussi clairement. Mes yeux sont souvent irrités. Ils brûlent comme s'il y avait du sable à l'intérieur.

– Et, dis-moi, il y a des moments où les symptômes s'accentuent ?

Mia voulut répondre, mais préféra se taire. Elle se contenta de hausser les épaules comme si elle l'ignorait. Mais, en vérité, elle connaissait bien la réponse. Chaque fois qu'elle utilisait les pouvoirs auxquels l'avait initiée Koti, chaque fois qu'elle terminait une prière et qu'elle utilisait cette énergie qui vivait en elle, il lui semblait que sa vision baissait et restait trouble pendant un long moment. Il lui avait fallu déployer une énorme quantité d'énergie pour renverser le chamelier et se défaire de son emprise abjecte. Et cette fois-ci, il lui semblait que c'était pire qu'avant.

Depuis l'automne précédent, sa vision n'était plus la même. Tout était confus et estompé. Lorsqu'elle regardait un ciel étoilé, celui-ci lui apparaissait comme un flou scintillant et mouvant.

– J'ai peut-être quelque chose pour toi chez moi, déclara le vieux Nadir. Il faudrait essayer. Ça pourrait calmer l'irritation.

Il ajouta qu'il terminerait sa tâche vers midi et qu'ils pourraient alors retourner à Kashgar. Il lui faudrait ensuite quelques jours pour préparer les ingrédients qui nécessitaient chaleur et fermentation. Mia acquiesça en le remerciant encore. Puis elle partit d'un pas léger avec l'intention de se promener parmi les cerisiers.

C'était une journée magnifique. Le soleil brillait avec éclat, mais la température était agréable, avec ce vent frais qui descendait des montagnes. La brise qui s'engouffrait dans la vallée faisait voleter ici et là les pétales roses. Des oiseaux chantaient. Mia se sentait infiniment bien. Ses pensées les plus tendres furent pour Zara et, cette fois-ci, ce furent des larmes de tristesse qui lui montèrent aux yeux. Elle riait et pleurait en même temps, partagée entre des émotions contradictoires, des sentiments bons et mauvais.

C'est alors que son attention fut attirée par des mouvements entre les arbres, devant elle. Un garçon déambulait nonchalamment dans la cerisaie. Il avançait d'une démarche fluide et agile, mais d'un pas lent, posant ses pieds sur l'herbe en donnant l'impression de flotter. Ses épaules étaient larges, et ses cheveux longs descendaient sur son dos. Son armure indiquait son appartenance à une armée quelconque, mais, à cause de sa vision affaiblie, Mia ne pouvait distinguer laquelle. Incapable de deviner à qui elle avait affaire, elle préféra se cacher derrière un cerisier. Sa rencontre avec les chameliers l'avait rendue plus méfiante à l'égard des inconnus.

Le jeune homme s'arrêta et demeura immobile, comme figé. Ses longs cheveux noirs s'agitaient dans le vent qui avait gagné en intensité dans la vallée. L'herbe se couchait sous les bourrasques, alors que des pétales roses s'envolaient en de grands tourbillons et montaient vers le ciel. L'odeur de cerise parvint au nez de Mia, s'exprimant avec une vigueur étonnante, d'une manière presque surnaturelle.

Le garçon, au loin, tourna la tête pour regarder par-dessus son épaule, montrant ainsi son visage. Malgré sa vision trouble, la jeune fille le reconnut. Elle en était sûre, c'était lui. C'était son frère…

– Darhan ! cria-t-elle. Darhan !

Elle partit au pas de course, maladroitement, emportée par l'émotion. Mais le garçon se remit en route sans l'entendre, d'un pas ferme cette fois. Et Mia le vit se fondre dans le paysage, comme s'il devenait lui-même un arbre, un nuage ou un brin d'herbe.

– Darhan ! hurla-t-elle de nouveau. C'est toi, Darhan ! Je t'ai reconnu !

Mais elle ne le revit plus. Elle poursuivit sa course un moment, s'orientant avec sa vision confuse dans un décor flou teinté de rose, de vert tendre et de bleu ciel. Elle sentit qu'on l'agrippait par-derrière, perdit l'équilibre et tomba à plat ventre sur le sol. Se retournant vivement, elle aperçut, à quelques pas d'elle seulement, une vieille dame appuyée contre un arbre.

La femme était habillée d'une longue robe vert foncé qui semblait faite d'herbes ou d'algues. Une chevelure verdâtre, phosphorescente, lui descendait de chaque côté de la tête jusqu'à la taille. Ses yeux étaient ronds, exorbités.

C'était une Köarg, pareille à celles que Mia avait rencontrées dans les marais. Cependant, malgré ses traits grossiers de batracien, elle la reconnut.

– Koti, c'est bien toi ?

– Tout à fait, répondit la dame d'une voix sourde que la bergère aurait reconnue entre mille.

Celle-ci se jeta dans les bras de la vieille femme qui l'enveloppa de sa robe de végétaux humides. Koti riait en embrassant son amie.

– Mais oui, c'est bien moi. Je suis là. J'ai voyagé jusqu'à toi.

– Comment est-ce possible ?

– C'est grâce aux fleurs, ma petite. C'est grâce à elles que nous sommes ensemble aujourd'hui.

– Les fleurs ?

– Parce que nous les aimons. Quand as-tu vu des fleurs pour la dernière fois ?

– Au printemps dernier.

– Alors, il semble que nous ne nous verrons qu'au printemps !

– Je ne suis pas sûre de comprendre, fit la gamine, les yeux rieurs.

– Nos esprits jumeaux se retrouvent dans les fleurs. Ici, aujourd'hui, il y a les pétales, les odeurs. Si tu as envie de me voir, tu dois cueillir des fleurs. Je ne suis pas tout à fait là, mais nous sommes bien ensemble.

Mia sourit de plus belle en couvant du regard la vieille dame qui l'avait tant aidée. Koti la sorcière, ancienne compagne du regretté Luong Shar, était aujourd'hui l'épouse de Qi'yorg, le chef des Köargs. Elle régnait avec lui sur les marais du lac Baïkal, préservant les rêves et la magie, faisant vivre les mythes.

Mia et Koti s'assirent toutes deux dans l'herbe, appuyées l'une contre l'autre. La petite Mia, qui avait détesté la vie dans les marais, retrouvait avec plaisir les sensations particulières que faisaient naître en elle les algues vaseuses. Cette humidité froide, dans cette région chaude et sèche de Kashgar, lui faisait le plus grand bien. La jeune fille se blottit avec délices contre la vieille dame en respirant profondément les odeurs d'herbe et de mousse qui se mélangeaient à celle des cerises.

– Je suis si heureuse de te voir ! Parfois, je me sens si petite devant les malheurs qui nous accablent.

– Je comprends. J'ai discuté avec les esprits qui m'ont appris ce qui était arrivé à Zara. Pauvre petite, la voilà prise dans un vilain piège.

– Aussitôt que j'aurai guéri Souggïs, nous irons la libérer, j'ai confiance. Je vais préparer une de tes potions…

– Tu t'es associée avec un homme généreux. Tu peux faire confiance à ce Nadir. Mais, malgré tout le courage et la détermination de Souggïs, vous ne pourrez pas arriver à vos fins. Ürgo et Li-li sont des âmes diaboliques, des âmes sœurs qui se sont rencontrées. Ils évoluent dans un monde matériel puissant, et leurs funestes ambitions sont sans limites.

Ils n'ont pas de magie, ils ne croient pas aux esprits. Ils sont faits de pierre, et ils sont en train de construire une forteresse imprenable autour d'eux, avec leur richesse, leur armée, et maintenant cette ville dont Ürgo est le maître.

– Mais nous devons trouver un moyen de sauver Zara. Jamais je ne l'abandonnerai.

– Une seule personne peut la sauver. Et c'est le père de l'enfant à venir.

– Darhan…

– Darhan ne sait même pas qu'il va être père. Zara, dans toute sa générosité, a voulu le préserver en s'abstenant de lui annoncer qu'elle attendait un enfant de lui. Elle l'a fait parce qu'elle voulait qu'il continue sa quête avec les esprits de la steppe. Mais elle s'est condamnée elle-même. Aujourd'hui, Darhan poursuit sa route et avance avec les esprits de la guerre, à l'autre bout du monde.

– Mais, toi, tu peux le faire revenir.

– Oh… Darhan ne m'écoute pas. Il est entouré par des esprits qui ont des ambitions supérieures à ma volonté. La seule personne qu'il écoutera, c'est Zara. Et les dieux savent qu'elle l'appelle toutes les nuits dans ses rêves, mais en vain. Il faut un grand chaman pour ouvrir les canaux de communication dans les mondes parallèles.

– Mais toi…

– Moi, je suis Köarg, et nous sommes en train de disparaître. Les Mongols n'arrêtent pas de construire à Karakorum. Ils coupent du bois et exploitent partout des mines pour subvenir à leurs besoins sans cesse grandissants. Le grand rêve de Gengis Khān est en train de disparaître avec lui. Et ses fils reconstruisent avec acharnement cette civilisation que le grand homme aurait tant voulu détruire. J'appartiens chaque jour davantage au monde des mythes et des rêves. Toi seule, qui es de chair et d'os, peux parvenir jusqu'à Zara.

– Mais je ne suis pas chaman.

– Oh si, ma petite ! Et tu le sais ! Le sang de Sargö et de Yoni coule dans tes veines. Tu as le pouvoir.

Mia sentit une main se poser sur son épaule. Elle ouvrit les yeux en levant la tête. Le vieux Nadir se tenait là, devant elle, l'air taquin.

– Alors, petite, on dort encore ? On est bien dans les montagnes, n'est-ce pas ? Rien de tel pour se remettre les idées en place.

Mia se leva en regardant l'arbre contre lequel elle était appuyée. L'herbe était humide tout à côté, et Koti avait disparu ; elle était retournée chez elle.

Le vieil apothicaire déclara qu'il était temps de rentrer en ville, qu'il avait tout ce qu'il lui fallait pour préparer les mixtures. D'un geste naturel, Mia lui tendit sa main qu'il accepta en la serrant dans la sienne. Et tous les deux reprirent la route de Kashgar par cette belle journée ensoleillée, redescendant lentement des montagnes jusqu'à la plaine, tout en parlant de tout et de rien.

CHAPITRE 4

Hors du temps…

Le lit de la rivière était large, peu profond et parsemé de pierres. Le cheval noir avançait lentement sur la rive, sa tête se mouvant de haut en bas au rythme de ses pas. Son corps était couvert de poussière et de boue séchée. Sa crinière ébouriffée n'avait pas été soignée depuis longtemps, ce qui lui donnait l'aspect d'un cheval sauvage. Malgré son air négligé, n'importe quel individu connaissant un tant soit peu les chevaux pouvait reconnaître chez cet animal les qualités qui font les plus nobles purs-sangs : encolure musclée, arrière-train puissant, grâce et aisance dans la démarche.

Ces détails n'échappèrent pas à deux éleveurs de chevaux tibétains qui passaient par là. Ils revenaient du royaume tangut, ramenant quelques magnifiques bêtes achetées à des princes et à des nobles d'Eriqaya. Ces derniers s'étaient débarrassés à la hâte de leurs biens avant que ne tombe la cité. L'invasion des Mongols avait fait chuter les prix, et les éleveurs avaient fait de bonnes affaires dans la grande ville tangut. Cette bête qui se baladait nonchalamment au fond de la vallée attira aussitôt leur attention, si bien qu'ils s'arrêtèrent pour l'observer.

Ce cheval ne portait ni selle ni bride. Aucun signe apparent n'indiquait son appartenance à un maître. Et s'il s'était enfui d'un élevage, cela devait faire très longtemps qu'il gambadait ainsi. Cet endroit était montagneux et sauvage, et la ville la plus près se trouvait à deux jours de marche. Échangeant un regard complice, les deux hommes décidèrent de s'emparer de ce magnifique cheval. Le vent soufflait depuis la vallée, dans leur direction : la capture serait facile.

L'un d'eux s'appelait Lungtok. Il portait à sa taille un lasso qu'il déploya en vérifiant bien le nœud coulant. Pendant ce temps, son compagnon, Tenkho, commença à descendre vers la rivière, le long de la colline herbeuse qui menait au fond de la vallée.

Leur plan était simple : il fallait rabattre le cheval vers le porteur du lasso qui, alors, l'intercepterait. Ainsi, Tenkho irait rejoindre la rivière par un sentier situé plus à l'est, à travers une forêt de conifères qui se trouvait en aval. Il remonterait le cours d'eau par la rive en faisant le moins de bruit possible. Sitôt le cheval en vue, il courrait vers lui en agitant furieusement les bras. La bête effrayée partirait nécessairement dans la direction opposée. Lungtok, posté sur la colline, profitant de l'avantage de la hauteur, saisirait l'animal avec le lasso. Ensuite, ils mettraient ce cheval au pas, comme ils l'avaient fait avec tant d'autres auparavant.

Lungtok, camouflé dans l'herbe, serrant la corde entre ses mains, attendait le signal. À son grand étonnement, il vit Tenkho apparaître plus bas, au bord de la rivière, et marcher vers l'animal, les bras en l'air. Le cheval ne bougeait pas. Il continuait à brouter l'herbe, impassible. Puis, il avança un peu, tout aussi nonchalamment.

– Eh bien ! qu'est-ce que tu penses de ça ? lança l'éleveur, les deux pieds dans l'eau. Il semble qu'on n'aura pas à s'éreinter pour le ramener avec nous. Il est aussi doux qu'un agneau.

– Tant mieux, répondit Lungtok en descendant à la rencontre du cheval.

Il s'approcha en glissant dans l'herbe humide. Il ouvrit grand son lasso et voulut le passer autour de l'encolure du cheval, mais celui-ci se retourna à la vitesse de l'éclair et y alla d'une puissante ruade, frappant le Tibétain directement sur le genou gauche. Le pauvre homme, dont les yeux se révulsèrent sous l'effet de la douleur, tomba par terre en tenant sa jambe.

Tenkho se précipita vers lui, s'agenouilla, puis regarda le cheval qui s'était éloigné de quelques pas pour continuer à brouter comme si de rien n'était.

– Non mais, regarde-le, celui-là ! Pour qui se prend-il, l'animal ? !

– Attrape-la, cette satanée bête ! fit Lungtok entre ses dents.

Se saisissant du lasso, Tenkho tenta à son tour de le passer autour du cou du cheval. Mais l'animal fit mine de lever la patte arrière, et l'homme se jeta aussitôt sur le sol pour éviter un coup qui ne vint jamais. Furieux, le Tibétain se releva en dégainant un poignard qu'il portait à la poitrine.

– Ah, tu veux te moquer de moi, sale bête ! Tu vas voir de quel bois je me chauffe. Je vais te saigner comme un poulet !

Une flèche siffla tout près de son oreille et alla se planter dans la terre derrière lui, entre les jambes de Lungtok. Ce dernier, qui avait complètement oublié sa douleur au genou, regardait, bouche bée, la flèche qui l'avait évité de quelques centimètres à peine.

À une cinquantaine de mètres, au milieu de la rivière, un homme jaillit de l'eau en s'élevant entre les rochers. Il ouvrit les bras, tenant dans une main un grand arc et dans l'autre une flèche. Sur la tête, il portait la peau d'un loup. De la fourrure grise de la bête dégoulinait l'eau de la rivière. Le visage du guerrier apparaissait entre les dents et les mâchoires du loup, lui donnant un aspect redoutable.

Il banda son arc en direction des deux Tibétains qui s'enfuirent en hurlant, bras dessus bras dessous, persuadés qu'ils avaient affaire à un esprit venu d'un autre monde.

***

Le guerrier à tête de loup s'avança dans la rivière jusqu'à ce qu'il arrive près du cheval. L'animal, sur la rive, avait henni fortement en reconnaissant son maître, son ami.

– Alors, Gekko, l'attente n'a pas été trop longue ? J'arrive à temps, on dirait.

Il tenait la tête du cheval à deux mains tout en regardant les éleveurs tibétains, au sommet de la colline, qui rassemblaient leurs chevaux, n'osant pas regarder au fond de la vallée de crainte de provoquer ce démon qui avait émergé de la rivière et d'être frappés par le mauvais sort.

Assis bien en selle, retrouvant avec satisfaction le bonheur d'être à cheval, le jeune homme leva la tête vers le ciel pour voir le grand faucon blanc qui était de retour. Celui-ci planait en décrivant de grands cercles au-dessus de la vallée. Gekko, sans même attendre un ordre de son maître, comme s'il connaissait l'objet de cette quête, partit au galop à la poursuite de l'oiseau qui avait incliné son vol et se dirigeait encore plus vers le sud-ouest, vers les hautes montagnes aux sommets enneigés.

Darhan le suivait depuis le mont Helanshan, qu'ils avaient quitté plus d'une semaine auparavant. Ce faucon lumineux qui était sorti de façon spectaculaire de la poitrine d'Asa-Gambu exerçait sur lui une fascination irrationnelle. Le cœur du général s'était envolé pour laisser place à Kian'jan. Le jeune mercenaire tangut, nourri par l'esprit de Kökötchü, avait pu mettre à exécution cette vengeance qu'il couvait depuis son plus jeune âge. Et maintenant, le berger des steppes suivait l'oiseau comme s'il s'agissait de l'ami le plus précieux qui soit.

Il s'était inquiété lorsqu'il l'avait vu disparaître au-dessus de la vallée en s'élevant plus haut que les nuages. C'est alors qu'il avait réalisé qu'il se trouvait aux abords de cette large rivière au lit de pierres. Il avait laissé Gekko faire quelques pas dans l'eau avant de se laisser choir dans le courant et de s'enfoncer dans les flots.

Il retrouva aussitôt cette étrange sensation qui l'habitait maintenant chaque fois que son corps était plongé dans l'eau. Celui-ci se démembrait, et il filait à toute vitesse en sentant l'eau qui passait en lui, comme une inspiration continue, le nourrissant de son précieux oxygène. Il nagea comme un poisson à travers les bouillons et les torrents de la rivière, contournant les pierres et les rochers à toute vitesse. Puis il remarqua une fosse très profonde d'où émanait une petite lueur. Il tourna au-dessus d'elle un court moment avant de se décider à quitter la surface pour plonger vers le fond. Il nagea ainsi dans les eaux froides des profondeurs, jusqu'à ce qu'il atteigne la lumière. Celle-ci le cerna complètement alors qu'il émergeait subitement à l'air libre, à la surface d'un cours d'eau. D'un saut spectaculaire, il bondit pour retomber sur une grosse pierre.

Darhan reprit alors sa forme humaine. Ses vêtements étaient trempés et, partout sur sa peau, il sentait cette huile visqueuse, à l'odeur de poisson, qui le recouvrait chaque fois qu'il subissait une telle transformation, depuis son séjour avec les esprits du lac Baïkal. Et, toujours, un sentiment de liberté et de puissance infinie, une énergie incroyable l'habitaient et animaient chacun de ses gestes.

La petite rivière semblait appartenir à un monde différent, bien loin de celui que le garçon avait quitté un instant plus tôt. La végétation n'était pas la même; le ciel non plus. Pourtant, Darhan avait l'impression de reconnaître cet endroit, comme s'il l'avait déjà fréquenté autrefois. Un petit torrent tombait d'une chute en amont. Un grand tronc d'arbre, tombé en travers, formait un pont naturel. Le jeune homme s'apprêtait à grimper là-haut lorsqu'un bruit attira son attention. C'était une sorte de hurlement confus, dont on n'aurait su dire s'il était l'expression d'un contentement sinistre ou d'une affliction terrible. De longs frissons parcoururent l'échine de Darhan. Il dégaina son épée, puis, en un bond vigoureux, sauta sur la rive devant lui.

Cette vallée, où l'odeur de résine était si persistante, lui était assurément familière. Et les grands conifères sombres qui poussaient là lui rappelaient ces montagnes qu'il avait traversées autrefois, alors qu'il devait escorter un convoi de prisonniers… alors qu'il avait fait connaissance avec ceux qui allaient devenir ses amis: Hisham, Kian'jan et Subaï.

– Je… je suis dans les Montagnes noires, murmura-t-il, abasourdi, incapable de s'expliquer comment il était arrivé là.

Le son funeste se fit entendre plus clairement. L'animal ou la personne dont il émanait semblait tout près. Darhan marcha d'un pas résolu jusqu'en haut d'une vaste colline recouverte de grands pins gris. Ainsi juché, il scruta la vallée de la petite rivière tout autour sans que rien de particulier n'attire son attention. Le ciel était plein de nuages qui formaient un plafond très bas et uniforme, parfaitement immobile, tout comme s'il avait été peint sur une toile et qu'il ne devait plus jamais bouger.

Darhan observa le paysage encore plus attentivement, fouillant du regard chaque arbre et chaque branche. Le bruit des lamentations était juste là ; cette créature ne pouvait être loin. Mais encore aurait-il fallu qu'elle bouge un peu. Et c'est ce qui se produisit, sur sa droite. Tout en bas, dans une petite clairière où poussaient de hautes herbes, une masse sombre se déplaçait lentement. C'était un énorme loup gris.

Anxieux, Darhan descendit à sa rencontre, glissant prudemment sur les aiguilles de pin qui tapissaient la grande colline. En arrivant dans la clairière herbeuse au sol humide, il put voir cet animal qui faisait un bruit aussi inquiétant que terrifiant. Le loup avait une tête énorme, et des yeux jaunes au regard perçant. Mais très vite le garçon s'aperçut que son corps n'était pas celui d'un animal. C'était plutôt celui d'un être humain.

Darhan avait, devant lui, un homme qui portait sur ses épaules une peau de loup.

– Eh ! toi ! cria-t-il en conservant ses deux mains sur le manche de son épée, qu'il gardait baissée dans l'herbe.

L'homme demeurait accroupi, la tête inclinée vers l'avant. Son corps tout entier était parcouru par des spasmes qui l'agitaient au rythme de ses lamentations. Quelque chose de familier se dégageait de sa silhouette. Le jeune guerrier avait l'impression de le connaître. Au fur et à mesure que ce sentiment grandissait en lui, il sentait son cœur battre de plus en plus fort au creux de sa poitrine.

– Mais qui es-tu, toi dont les hurlements sinistres parcourent ces montagnes ? Tu m'as appelé, je suis venu. Parle maintenant !

L'homme releva alors la tête pour révéler son visage qui apparut entre les mâchoires de la bête. Darhan devint blême en reconnaissant le traître qui surgissait du passé, tel un fantôme.

– Günshar, murmura-t-il entre ses dents, relevant son épée devant lui.

Mia lui avait raconté tous les malheurs qu'ils avaient endurés, Yoni, Yol, Souggïs et elle, à cause de cette abomination, ce Günshar que Tarèk avait ressuscité d'entre les morts et qui les avait harcelés sans relâche. Darhan le croyait disparu à jamais, retourné dans les mondes funestes auxquels il avait été arraché, mais voilà que, de nouveau, il le trouvait sur son chemin.

L'affreux affichait un sourire énigmatique, sans malice. Il ouvrit des yeux horribles, tout blancs, sans pupilles et sans vie. Il parla d'une voix neutre, absente :

– Tu es venu ici, dans le lieu de mon repos éternel, là où les esprits m'ont rappelé. Pourquoi es-tu venu me réveiller, voyageur ?

– Je… je ne sais…

– Pour reprendre ce qui t'appartient…

L'ancien mercenaire de Dötchi se leva subitement, agilement, comme s'il avait été aussi léger que les herbes de la clairière. Et sans crier gare, il se rua vers le garçon. Son visage demeurait impassible, mais il tenait entre ses mains une épée terrible qu'il faisait tournoyer au-dessus de sa tête.

Darhan posa un genou sur le sol pour s'esquiver et attaquer à son tour son adversaire. Mais, d'un geste habile, Günshar abaissa sa garde et envoya un coup puissant au travers de sa gorge. Le jeune guerrier, continuant sur sa lancée, enfonça son épée dans le ventre de l'affreux. Il l'entendit s'effondrer par terre derrière lui.

Darhan se leva, paniqué, en se tâtant la gorge frénétiquement avec les deux mains. Il avait de la difficulté à avaler et à respirer ; il avait nettement senti le froid de la lame le transpercer, mais il n'y avait aucune trace de sang, aucune blessure. Il ne restait plus sur l'herbe, à ses pieds, que la peau de loup. Le mercenaire semblait s'être évaporé sitôt transpercé.

Quelque chose bougea sous la fourrure, comme si un petit animal s'était trouvé sous Günshar, à l'endroit où il était tombé. À l'aide de son épée, Darhan retourna la tête du loup, et ce qu'il trouva entre les mâchoires de la bête le troubla tant qu'il recula de plusieurs pas.

– Günshar ! hurla-t-il furieusement en regardant vers le ciel.

Il y avait là un tout petit enfant, âgé d'à peine quelques mois. Le bébé dormait d'un sommeil agité en remuant les bras comme s'il était aux prises avec un cauchemar, sa petite figure grimaçante. Le jeune homme s'agenouilla pour prendre l'enfant dans ses bras, mais celui-ci disparut et il ne resta que la peau de l'animal entre ses mains.

Le rire terrible de Günshar résonna derrière Darhan. Il se retourna aussitôt pour voir l'être immonde, tout de noir vêtu, arborant la même allure qu'autrefois. L'homme paraissait tout jeune, son teint avait repris de la couleur, et ses yeux brillaient autour d'une pupille noire, éclatante.

– Qu'est-ce que ça veut dire, Günshar?! demanda Darhan.

– Ne t'inquiète pas, berger, répondit le démon d'une voix mauvaise, nous prendrons bien soin de ton enfant.

Puis le mercenaire partit au pas de course dans la direction opposée, disparaissant rapidement entre les branches des grands sapins noirs. Darhan se lança à sa poursuite. Il courut des heures durant, cherchant désespérément Günshar dans cette forêt sombre et grise, mais il ne le retrouva jamais.

Le jeune Mongol regardait maintenant le plafond de nuages et étira un bras comme s'il avait pu les toucher. Les paroles terrifiantes résonnaient sans cesse dans son cœur et dans sa tête: «Nous prendrons bien soin de ton enfant.»

Il avait retrouvé avec bonheur son cheval, puis le faucon d'Asa-Gambu dans le ciel. Mais il demeurait extrêmement troublé par ce qu'il avait vécu dans la rivière. Il avait à présent l'impression d'avoir fait un vilain cauchemar. Alors que Gekko reprenait le chemin qui les conduisait à travers les montagnes, il se retourna plusieurs fois pour regarder la rivière derrière lui, incapable de chasser ces affreuses visions.

Après quelques jours de route, Darhan aperçut les hauts sommets enneigés de l'Himalaya.

***

– Capitaine! Capitaine!

– Hé! réveille-toi! C'est toi qu'on appelle!

Hisham s'extirpa péniblement d'un sommeil profond. Il devait y avoir une éternité qu'il n'avait pas dormi dans un lit aussi confortable.

La cabine du capitaine, sur la jonque, était une pièce somme toute modeste, meublée d'une table et d'une commode, mais aussi d'un grand lit rembourré de lainage avec des draps de soie; un luxe auquel le Perse n'avait jamais eu droit de toute sa vie. La pièce rectangulaire renfermait de nombreux cordages et outils, ainsi que quelques instruments de navigation. Mais le pauvre Hisham n'y entendait rien. Il avait passé la soirée de la veille appuyé contre la grande table, à regarder d'immenses cartes remplies de symboles qu'il ne comprenait pas; des cartes de la marine royale de Keifeng qui donnaient aux navigateurs du roi Aïzong de nombreux renseignements sur le fleuve Huang he.

Découragé de constater qu'il n'arrivait à rien faire de bon sur cette jonque, le Perse s'était étendu sur le lit et s'était laissé happer par le sommeil.

« De toute façon, avait-il pensé en appréciant la douceur des draps de soie, les marins expérimentés qui travaillent sur ce vaisseau, soldats ou esclaves, connaissent mieux que moi les manœuvres. »

Lorsqu'il fut réveillé par des cris, Hisham avait l'esprit si embrouillé qu'il lui fallut un certain temps pour remettre de l'ordre dans ses idées. Il ne savait plus trop où il se trouvait. Mais, lentement, au fur et à mesure qu'il retrouvait une vision claire des choses qui l'entouraient, tout lui revint. C'est alors qu'il vit Subaï, debout sur le lit, jambes écartées, au-dessus de lui.

– Mais qu'est-ce que tu fais sur mon lit, avorton ?! lança le Perse.

– Eh bien, réveille-toi, marmotte ! C'est toi qu'on appelle !

– Comment ça, c'est moi qu'on appelle ?

– « Capitaine ! Capitaine ! » Tu es sourd, ou quoi ? C'est toi, le capitaine, je te signale. Tu dois aller sur le pont, on te demande.

Subaï sauta par terre, puis saisit une grosse carafe posée à même le plancher de la cabine. Il versa un peu d'eau dans un bol de porcelaine et le tendit à son ami qui, assis au bord du lit, s'étirait en bâillant sans retenue. Hisham prit le bol entre ses gros doigts et en avala le contenu d'une seule gorgée.

– Misère, je ne m'habituerai jamais à ça ! Je suis un imposteur, Subaï.

– Mais non !

– Si, je suis un fumiste. Je vais conduire ce bateau à sa perte.

– Mais non, je te dis ! Tout ira bien, tu verras. L'important, c'est de mener à bien cette mission. Et c'est ce que nous ferons. Pense à la gloire, mon vieux. Pense à tous ces cadeaux que nous fera le roi des Jin.

– Pour des barils d'épices et de poisson fermenté ? Tu rêves, l'ami ! On aura droit à une poignée de main et une bonne tape dans le dos, c'est tout.

– Eh bien… Aïzong sera certainement heureux de retrouver sa cardamome.

– Je me vois déjà être nommé « commandant honoraire » d'une section de l'armée des Jin, puis aller affronter les hordes mongoles d'Ögödei Khān et être décapité sur un champ de bataille. Oui, c'est vraiment ce que j'ai envie de faire !

– Ce que tu peux être déprimant, à toujours voir le mauvais côté des choses ! L'espoir, Hisham ! Le cœur doit se nourrir d'espoir !

– Eh, misère…

On cogna à la porte en réclamant de nouveau le capitaine sur le pont. Hisham regarda son jeune ami qui lui fit signe de se dépêcher en lui tendant ses habits.

Maintenant qu'il était capitaine, Hisham ne pouvait plus s'habiller comme un guerrier des steppes ; il devait porter les vêtements réservés aux haut gradés de l'armée jin. Ainsi, un capitaine de jonque était vêtu d'une grande robe noire et jaune qui lui descendait aux chevilles, et chaussé de hautes bottes très confortables. Cette robe permettait à celui qui la revêtait de faire des mouvements amples, mais pas autant que l'aurait voulu le Perse qui grimaçait en la regardant. Il faut dire que le dernier capitaine, bien qu'il fût loin d'être maigre, n'avait en rien la corpulence de Hisham le Perse. Si bien que le gros guerrier était un peu à l'étroit dans ses nouveaux habits. Il avait l'air quelque peu ridicule aussi, avec cette robe qui lui arrivait aux genoux et ces manches trop courtes qu'il roulait sur ses gros bras poilus. Mais la coutume semblait si importante pour les soldats de l'armée jin, qui n'auraient jamais voulu naviguer avec un homme vêtu à la manière d'un guerrier, que Hisham, grandement encouragé par Subaï bien sûr, accepta de les porter.

Le nouveau capitaine se présenta sur le pont en tirant un peu sur sa robe pour qu'elle lui recouvre les genoux. Près du grand mât, plusieurs hommes l'attendaient; les soldats jin, mais aussi quelques rameurs. L'un de ces derniers, un homme aux cheveux blancs, était à genoux devant ce petit groupe. On lui avait arraché ses habits et il ne portait plus que ses sous-vêtements. Il avait des fers aux mains et aux pieds. On pouvait lire de la frayeur dans ses yeux, mais également une grande soumission, comme s'il connaissait la fatalité qui devait s'abattre sur lui.

Le sergent Wan-feï s'adressa à Hisham en s'inclinant très bas:

– Nous vous demandons humblement pardon de vous avoir dérangé, ô capitaine. Nous vous avons appelé, car il importe que vous présidiez un procès.

– Mmm... oui, fit Hisham, c'est certainement là la tâche d'un capitaine. Et quelle est la nature de ce procès, Wan-feï? Que reproche-t-on à ce pauvre homme? ajouta-t-il en montrant l'esclave du menton.

Le sergent avait un tempérament calme et un esprit calculateur. On ne savait jamais ce qu'il pensait réellement. Malgré ses airs affables, il pouvait faire preuve d'une grande violence lorsque la situation l'exigeait. Il avait lutté avec force et habileté contre les pirates de l'Ordos. Par ailleurs, son accent parfois pointu et ses bonnes manières trahissaient une certaine éducation qui n'était pas celle des soldats. Tous ses subordonnés lui vouaient le plus grand respect.

– Cet homme, capitaine, a été surpris cette nuit dans les cales de marchandises.

– Et que faisait-il dans ces cales pour mériter un tel traitement ?

– Il volait les biens de Sa Majesté le roi Aïzong.

– C'est faux ! lança l'esclave aux cheveux blancs. Je n'ai rien volé.

Aussitôt, Wan-feï se retourna à la vitesse de l'éclair et lui asséna plusieurs coups de pied au visage avant de lui écraser la tête contre le pont de bois.

– Qui t'a donné la permission de t'adresser au capitaine, sale vermine ?! Tu te tais, voleur !

– Ça suffit, Wan-feï, dit Hisham.

Le sergent se calma et baissa de nouveau la tête avec déférence devant son capitaine.

– Cet homme a commis une faute grave. Il doit être puni de façon exemplaire.

– Et qu'est-ce qui serait exemplaire, selon toi ? demanda le Perse.

– La mort, ô capitaine. Quiconque vole les biens du roi Aïzong est passible de la peine de mort. Ordonnez, et justice sera faite à l'instant.

– Vous voulez que je condamne à mort un type qui est allé manger du poisson fermenté ?

Une ombre passa sur le visage de Wan-feï, mais il garda son sourire et son air bien disposé. Il prit le ton de la confidence tout en affichant le plus grand respect :

– Il ne s'agit pas de la nature de l'objet volé, mais plutôt de celle de l'acte honni et de la loi qui le sanctionne, une chose sacrée dans le royaume Jin.

– Je ne peux prendre une pareille décision…

– Votre morale est intacte, puisque la loi la protège. Ainsi, vous ne faites que votre travail. N'oubliez pas, capitaine Hisham, que vous avez accepté certaines responsabilités en prenant le commandement de ce navire.

– Je vous ai promis d'aider ce vaisseau à atteindre sa destination. Je ne me poserai pas en juge pour imposer une sanction inhumaine à un pauvre type qu'on accuse d'avoir chapardé du fenouil. Et que faisais-tu, vieil homme, dans la cale ? ajouta-t-il à l'intention du rameur. Tu savais très bien qu'il t'était interdit d'y entrer.

Le pauvre esclave leva des yeux étonnés. Il était exceptionnel que, dans une situation comme celle-ci, on demande des explications à un homme de sa condition. Les esclaves étaient, la plupart du temps, traités comme des bêtes de somme, des moins que rien. Celui-ci, malgré ses fers aux mains et aux pieds, se prosterna en appuyant son front contre le sol.

– Ô grand seigneur, soyez béni. Jamais je n'ai voulu voler quoi que ce soit à Sa Majesté. Je suis descendu dans la cale parce que je chassais un rat qui s'y était réfugié.

– Et tu mens en plus, sale canaille ! murmura Wan-feï en grimaçant méchamment.

– Je ne sais pas si cet homme ment, sergent, déclara Hisham, mais vu que la situation est plutôt ambiguë, je vais lui accorder le bénéfice du doute.

Wan-feï s'avança alors jusqu'au Perse pour lui parler en tête à tête.

– Malgré tout le respect que je vous dois, je me vois dans l'obligation de m'opposer à cette décision.

– Je suis désolé, mais…

– Vous devez faire appliquer la loi. Il en va de l'ordre et de la discipline nécessaires au bon fonctionnement d'une armée. Vous avez été soldat dans l'armée de Gengis Khān, vous savez exactement de quoi je parle. Ces esclaves sont des fourbes, des criminels. Si la sanction n'est pas appliquée avec rigueur, nous nous montrons faibles à leurs yeux, sans honneur, et nous perdons leur respect. Ils n'hésiteront pas à récidiver, et nous risquons une mutinerie. Donnez-moi le pouvoir d'ordonner et d'exécuter cette sentence. Vous pouvez le faire, la loi vous le permet. Je me chargerai de la sale besogne, et votre conscience sera intacte.

Cette fois, Hisham donna l'impression d'hésiter, et la satisfaction se lut sur le visage de Wan-feï.

En effet, le Perse était un militaire et il connaissait les dures lois qui régissaient toutes les armées. Il savait qu'il fallait astreindre les soldats à une discipline impitoyable afin qu'ils soient efficaces à la tâche et au combat. Son sens du devoir remontait fortement en lui : l'intérêt et la cohésion du groupe au détriment de l'individu. S'il accordait à Wan-feï le pouvoir d'ordonner l'exécution de cet esclave, il s'en laverait les mains.

Un bruit dans le gréement, au-dessus de sa tête, sortit Hisham de ses réflexions. En levant la tête, il vit Subaï qui avait grimpé par les écoutes et qui était appuyé sur une des lattes de bois qui parcouraient la grande voile de la jonque. Le petit voleur de Karakorum balançait une jambe en sifflotant. Il secouait la tête de gauche à droite en signe de négation.

Hisham se retourna vers Wan-feï.

– Je suis désolé, dit-il. Vous m'avez fait capitaine de ce bateau, et tant que je le serai, cet homme ne mourra pas. Laissez-lui les fers aux pieds. Faites-lui faire de quarts de travail en double. Mais il ne sera pas exécuté.

Wan-feï s'efforça de cacher sa contrariété derrière un large sourire et une profonde révérence. Mais on pouvait lire une grande colère dans ses yeux. Il venait de perdre la face devant tous. Hisham le savait. Il se retira dans sa cabine en faisant résonner son pas lourd sur les planches du pont. Sitôt la porte refermée, Subaï entra à son tour.

– Non mais, de quoi j'ai l'air ! hurla le Perse en montrant ses habits trop courts.

– Mais tu as l'air très bien.

– D'un bouffon ! Voilà de quoi j'ai l'air. Tu as vu les soldats et ce Wan-feï, comme ils me regardaient ? Ils se foutaient de ma gueule, c'est clair. Tout ce qu'ils veulent, c'est mes gros bras pour garder leur bateau et sa marchandise. S'ils croient que je vais faire exécuter un pauvre type parce qu'il est allé respirer du poisson qui pue, quand bien même il appartient au roi, ils se trompent sur mon compte !

Hisham, en colère et confus, saisit la carafe et but de grandes gorgées d'eau pour étancher sa soif. Il marchait en rond dans sa cabine et continuait à râler contre tout et rien. De son côté, Subaï demeurait silencieux. Il s'était assis sur la couche du capitaine, son menton appuyé sur ses deux mains. Son regard absent fixait le plancher de bois.

– Qu’est-ce que tu regardes ? demanda sèchement le Perse.

– Rien. Je pense.

– À quoi ?

– Je me demande pourquoi ils font toute une histoire parce que ce bonhomme est descendu dans la cale. C’est tout.

CHAPITRE 5

L'héritier...

Mia était couchée sur une grande couverture que l'on avait étendue sous un abricotier. Elle dormait à poings fermés, son visage agité par un sommeil trouble. Le soleil tapait dur, et Yoni venait régulièrement pour voir comment allait sa fille et la déplacer, au fur et à mesure que tournait l'ombre de l'arbre sur le sol.

La petite Yol était allongée sur la couverture à côté de sa sœur. Elle ne dormait pas. Sur le dos, le regard perdu entre les branches des arbres, elle se racontait mille histoires dont les mots valsaient dans sa tête au rythme de son imagination débordante, se parlant à elle-même comme si le monde qui l'entourait n'existait pas.

– Yol, je t'en prie, fit la voix de sa mère, aide-moi. Ça fait trois fois que je te le demande. Lève-toi de cette couverture pour que je puisse déplacer ta sœur.

La gamine releva la tête pour voir sa mère, tout près d'elle, qui semblait être sortie de nulle part. Avec l'air ahuri du dormeur que l'on tire brusquement du sommeil, elle se leva d'une manière pataude et saisit un coin de la couverture à deux mains. D'un geste synchronisé, Yoni et elle replacèrent Mia dans l'axe de l'ombre de l'arbre. Cette dernière ne s'éveilla pas, malgré son agitation évidente.

Mia avait passé la nuit au chevet de Souggïs en compagnie de Nadir, le vieil apothicaire afghan. Après avoir préparé la potion de Koti, la jeune fille s'était agenouillée près du capitaine pour lui faire boire l'étrange mixture à l'odeur indescriptible. Tout d'abord méfiant malgré sa fièvre, l'homme avait trouvé la force d'en prendre une bonne lampée.

Aussitôt, ses yeux s'étaient ouverts tout grand et sa bouche s'était tordue comme s'il venait d'avaler le plus infect des poisons.

– Arrrgh ! Mais qu'est-ce que c'est que cette horreur ? Tu as décidé d'en finir avec moi, gamine, c'est ça ? Voilà trop longtemps que je suis un fardeau pour ta famille. Excellente idée, ce poison ! Qu'il me brûle l'intérieur et qu'on en finisse une fois pour toutes !

Mia souriait en regardant le capitaine qui poursuivait son sempiternel discours sur sa misérable vie qui ne valait pas la peine d'être vécue et qu'il fallait interrompre à tout prix.

La fièvre reprenant le dessus sur sa volonté, Souggïs avait reposé sa tête pour fixer un regard vitreux sur la toile de la tente. Il murmurait des mots incompréhensibles comme s'il parlait à quelqu'un qui n'était pas là. Les peaux que l'on avait tendues et cousues les unes aux autres prenaient toutes sortes de formes dans la lumière du soleil couchant. L'esprit fiévreux du capitaine aimait s'y perdre avant de plonger dans les abîmes de sa maladie. Il ne lui restait que peu de temps à vivre. Encore une journée, et le poison que la gangrène faisait couler dans ses veines aurait nécrosé ses organes vitaux.

Un nuage de fumée dense envahit l'espace de la tente pendant que l'homme se sentait emporté loin de son propre corps. Mia, assise sur un petit tapis, avait commencé ses prières qui allaient durer toute la nuit.

La jeune fille était envahie par des sentiments intenses, ses sens aiguisés lui faisant tout sentir de façon exacerbée, comme chaque fois qu'elle entrait en transe. Les odeurs, les sons, les saveurs prenaient des proportions extraordinaires, comme si toutes les choses autour s'étaient rapprochées d'elle. Ou alors, comme si elle-même avait pris une dimension exceptionnelle, devenant si immense qu'elle n'avait qu'à tendre le bras pour toucher la nature qui l'entourait.

Mia était partie dans un autre monde. Celui des esprits. Des visions fort étranges, parfois même effrayantes, avaient assailli son esprit. Elle avait la conviction que la forme noire qu'elle voyait se métamorphoser à l'horizon, dans ce pays lointain, était cette maladie, cette nécrose, dont souffrait le capitaine. C'était une masse noire, informe et malodorante qui se déplaçait très lentement en empoisonnant tout sur son passage, faisant mourir les champs, les arbres et les fleurs. Prenant son courage à deux mains, la jeune fille s'était placée au milieu du chemin pour empêcher cette horreur de passer. Elle avait levé les bras.

– Va-t'en, murmurait-elle sans arrêt, assise sur le petit tapis persan posé près du capitaine, son visage tourmenté couvert de sueur. Je t'en prie, va-t'en.

L'apothicaire suivait avec intérêt l'évolution de la jeune fille; celle de ses états d'âme et celle de sa condition physique. Il lui apportait de l'eau fraîche, épongeait son front. Lorsqu'elle semblait vouloir défaillir et s'allonger sur le sol, il la soutenait en l'aidant à se rasseoir. Mais le plus difficile pour le vieil homme avait été de contenir Yoni qui, à plusieurs reprises, incapable de supporter l'idée que sa fille puisse souffrir ainsi, avait voulu interrompre la cérémonie.

Il faisait nuit. Nadir se tenait dans l'ouverture de la tente. Yoni voulait entrer, mais il l'en empêchait.

– Ôte-toi de mon chemin, vieillard.

– Je vais sans aucun doute vous laisser la place, madame. Je n'ai nullement l'intention de séparer une mère de sa fille. Mais, avant, je dois vous demander de m'écouter de nouveau.

Yoni avait desserré les poings. Elle regardait par-dessus l'épaule de Nadir pour apercevoir Mia, fébrile.

– Elle est dans une méditation intense qui ne peut être interrompue, avait déclaré le vieil Afghan d'une voix douce.

– Mais voyez comme elle souffre…

– Elle mène un difficile combat contre le mal qui s'est emparé du capitaine. Mais elle est très forte, et elle a la bénédiction d'esprits très puissants. Elle s'en sortira très bien.

– Je veux être près de ma fille.

– D'accord, mais sachez que Mia ne peut être éveillée sous aucun prétexte. Sinon elle subirait un horrible traumatisme duquel elle pourrait ne jamais se remettre. Vous comprenez ? Il faut la laisser vivre son combat. C'est elle qui l'a voulu… pour sauver la vie de Souggïs.

Alors, Yoni s'était calmée. Elle acquiesçait d'un signe de tête, indiquant à Nadir qu'elle avait bien compris et qu'elle ne se mettrait pas en travers du chemin de sa fille. Et tous les deux, pour le restant de la nuit, avaient bien pris soin de Mia qui était venue à bout de la nécrose, et qui avait vu la masse noire s'en retourner dans un autre monde.

Au matin, lorsque la jeune fille avait ouvert les yeux en soupirant fortement, sa mère s'était jetée dans ses bras. Elle l'avait bercée un moment pendant que l'apothicaire s'informait de l'état de Souggïs.

– Comment allez-vous, mon ami?

– Je vais bien, avait répondu le capitaine d'un air apaisé. J'ai l'impression d'avoir dormi pendant un mois.

– Grâce à Mia.

– C'est elle que j'ai vue en rêve. C'est sa main que j'ai saisie…

– Cette enfant a donné beaucoup pour vous. Plus que ce que vous croyez.

Souggïs avait fermé les yeux. Nadir avait aidé Yoni à transporter sa fille à l'extérieur. Ils l'avaient déposée sur la couverture, sous l'abricotier.

Plus loin, les activités de la journée débutaient à la ferme du hameau. Les plus jeunes enfants du fermier nourrissaient les poules qui sortaient du poulailler en pagaille, les unes sur les autres, pour aller manger les grains lancés sur le sol. Le fermier et deux de ses fils aînés marchaient sur un petit sentier qui menait à un champ situé plus haut sur un plateau. Les garçons avançaient l'un derrière l'autre, guidés par leur père, portant chacun une grande bêche sur l'épaule. Une grosse journée de travail commençait sous le soleil qui plombait si tôt en ce matin.

– Ces gens ont été si généreux avec nous, dit Yoni en caressant la tête de sa fille endormie. Ça fait plus d'une semaine que nous sommes ici et ils ne nous ont rien demandé. Il faudra partir très bientôt avant que notre présence devienne contraignante pour eux. S'il fallait que mon frère apprenne qu'ils nous ont aidés...

– Votre frère est cet homme qui a été nommé à la tête de notre ville?

– Oui, répondit Yoni sans regarder le vieil apothicaire, à cause de la honte qui coulait dans ses veines, dans ce sang qu'elle partageait avec cet être fourbe qu'était Ürgo.

– Votre fille m'a parlé de son oncle. Il semble que la ville de Kashgar soit dans une fâcheuse posture.

– Vous n'avez pas idée, monsieur.

– Je vais parler à quelques personnes de ma connaissance.

– Vous croyez que vous pouvez faire quelque chose?...

– Contre la volonté du khān, non. Par contre, on peut certainement s'assurer que tout ne tourne pas rond pour votre frère. J'ai de nombreux amis tisserands, et une grande réunion se prépare en ville dans les prochains jours. Nous pourrons certainement aider Zara.

Le vieux Nadir se retira, non sans s'incliner plusieurs fois devant la jeune mère et ses deux filles. Yoni regarda le vieil apothicaire qui s'était pris d'affection pour Mia marcher de son pas lent, prenant la direction de Kashgar à travers champs. Malgré les soucis et les tourments que font naître les êtres fourbes, Nadir faisait partie de ces gens qui vous empêchent de sombrer dans le cynisme et le désespoir. Avec ses yeux toujours rieurs, son sourire bienveillant, ses gestes calmes et amicaux, il permettait de croire encore en la bonté de l'âme humaine.

– Je m'excuse d'avoir été dure envers vous, hier soir ! lui cria Yoni.

Le vieil homme ne se retourna pas. Il envoya seulement la main pour saluer.

***

Vers la mi-journée, Mia ouvrit enfin les yeux. Ses pupilles étaient grises, presque blanches, comme chez certaines personnes âgées que l'on rencontrait dans les tribus du désert. Leurs yeux, fatigués par trop d'années passées à endurer le soleil et le vent du désert, semblaient s'être recouverts d'un voile protecteur qui les rendait pratiquement aveugles.

De sa main droite, Mia toucha sa petite sœur qui était près d'elle. Yol, en constatant que sa sœur s'était réveillée, se jeta sur elle en rigolant. Mia la serra très fort dans ses bras comme si elle voulait l'étouffer. Les deux filles se câlinèrent et se taquinèrent pendant un moment jusqu'à ce que Mia devienne toute molle et s'affaisse complètement sur le tapis.

– Qu'est-ce que tu as? demanda Yol. Tu n'as pas assez dormi?

– Non, j'écoutais seulement… pour voir.

– Qu'est-ce que ça veut dire?

– Tu peux me décrire ce que j'entends tout autour de moi? J'entends des gens…

La petite Yol leva les yeux et regarda en direction de la ferme. Quelques femmes travaillaient au jardin, en arrière du poulailler. Plus loin, le chef de famille bêchait au champ avec ses fils. Quelques voisins étaient venus les aider. Derrière le village, on pouvait voir un grand nuage de poussière annonçant un troupeau de moutons qui empruntait, depuis Kashgar, la route vers les montagnes.

Mia souriait en écoutant sa sœur qui lui racontait avec moult détails les activités des paysans. Lorsqu'elle posa une nouvelle question, Yol la regarda avec étonnement.

– Mais lève la tête, tu vas voir.

– Non. J'ai seulement envie de t'entendre me raconter ce qui se passe. Tu le fais si bien, petite sœur.

Yoni sortit de la tente où était couché Souggïs. Elle avait veillé le soldat qui dormait profondément après avoir été exorcisé de son mal. En entendant ses deux filles qui se chamaillaient à l'extérieur, elle avait décidé de faire du thé sucré qu'elle leur apportait maintenant sur un plateau, accompagné de fruits séchés. Mia et Yol mangèrent avec appétit sous le regard bienveillant de leur mère.

Un vent très chaud et très sec commençait à souffler en ce début d'après-midi. Des cris, au loin, attirèrent l'attention de Yoni et de ses filles. Debout dans son champ, le fermier en colère levait le poing vers le ciel. L'agriculture était difficile dans ces régions arides. Et le labeur incessant de ces forcenés produisait à peine de quoi nourrir une famille. Ils vivaient dans une grande pauvreté, mais étaient aussi d'une générosité sans pareille.

– Où est Nadir? demanda soudainement Mia.

– Il est parti ce matin, répondit Yoni. Il avait des choses à faire.

– Et Souggïs ?

– Il va merveilleusement bien. Il veut te parler. Sa fièvre a disparu et il ne ressent pratiquement plus aucune douleur. C'est presque un miracle que tu as accompli là… Est-ce que c'est bien vrai, ce que m'a dit ce vieil Afghan à ton sujet ?

– À propos de quoi ?

Yoni ne dit rien de plus. Elle savait très bien que sa fille aînée avait compris sa question, mais qu'elle ne voulait pas en discuter. À vrai dire, elle-même n'y tenait pas tant que ça non plus. Toute sa vie, elle avait fait confiance aux chamans qui avaient toujours occupé une place importante dans sa famille avant qu'elle n'épouse Sargö. Et voilà que sa fille, tout comme son arrière-grand-mère, avait ce don de dialoguer avec les esprits. C'était un bien précieux qu'il fallait cultiver et dont elle devait être fière. Mais la jeune mère savait que les chamans étaient condamnés à avoir une vie difficile, épuisante, offrant leur corps à la nature pour avoir accès aux savoirs spirituels, qu'ils devaient acquérir au prix de leur santé physique et mentale. Yoni était fascinée et, en même temps, elle avait très peur pour sa fille.

– Je ne veux pas qu'il t'arrive du mal, dit-elle seulement. Je ne le veux tellement pas…

Mia resta silencieuse. Elle avait une grosse boule au fond de la gorge. Elle avait envie de pleurer, mais ce n'était plus de son âge. Elle se sentait si vieille, déjà.

– Je dois voir Nadir.

– Mais pourquoi donc ?

Encore une fois, la jeune fille ne répondit pas à la question de sa mère. Elle se contenta de se frotter les yeux. Autour d'elle, il n'y avait plus que brouillard. Tout ce qui l'entourait était diffus et insaisissable, comme lorsqu'on regarde à travers une toile épaisse. Elle craignait plus que tout de perdre la vue à jamais.

***

Les travaux de rénovation de la grande maison d'Ürgo étaient presque achevés. Le jardin était somptueux, avec des fleurs provenant de partout. Tous les oiseaux de la ville semblaient s'y être donné rendez-vous pour chanter les beautés de ce chef-d'œuvre d'aménagement paysager. Les cuisines immenses pouvaient accueillir une bonne dizaine de cuisiniers, et il y avait de nombreuses chambres aux deux étages supérieurs. Bref, un luxe démesuré à l'image du marchand des steppes qui était aujourd'hui intendant de la ville.

Sitôt nommé, Ürgo avait instauré, dans toute la grande région de Kashgar, une taxe extraordinaire pour saluer son entrée en fonction: « C'est une taxe d'accueil, d'hospitalité, pour me souhaiter la bienvenue », avait-il fait écrire dans les registres de loi. Ceux qui refusaient de payer cet impôt voyaient tous leurs biens saisis, et leur famille jetée à la rue. C'est ainsi qu'Ürgo, en moins de trois jours, se retrouva à la tête d'une fortune encore plus colossale.

Une vaste salle avait été aménagée dans la maison de l'intendant. C'était là qu'il recevait ses invités. Si c'était au départ un lieu voué au divertissement et aux échanges sociaux, l'oncle de Darhan s'en servait surtout pour régler des affaires de toutes sortes, loin des conseillers de la ville. Sans intermédiaires ni témoins, il pouvait faire ce qu'il voulait, comme encaisser d'énormes pots-de-vin. Par ailleurs, cela lui évitait d'avoir affaire à tous ces « conseillers pitoyables », « barbus de tout acabit » et « vieillards soi-disant sages » qui essayaient toujours d'organiser les affaires de la ville en fonction des besoins du peuple, alors que lui cherchait plutôt à organiser les affaires du peuple en fonction de ses propres besoins.

D'ailleurs, depuis qu'Ögödei Khān l'avait officiellement nommé intendant, Ürgo n'était allé qu'une fois au palais de la ville. Il y était arrivé accompagné d'une garde démesurée, douze mercenaires lourdement armés avec des gueules pas possibles, qu'on aurait crus tout droit sortis de ces terribles tribus qui vivaient dans le nord de la Sibérie. Il avait fallu lui expliquer que les armes et les soldats n'étaient pas autorisés durant les réunions du conseil de la ville. Ürgo s'était présenté devant les conseillers de fort mauvaise humeur. Il avait écouté les discussions d'un air indifférent durant tout l'après-midi. Avachi sur sa chaise de prélat, on avait dû le réveiller à plusieurs reprises, lui qui ne comprenait rien à l'administration d'une ville et au charabia des fonctionnaires. Lorsqu'il avait demandé un verre de vin et que l'on avait refusé de le lui servir sous prétexte qu'il était interdit de boire de l'alcool en ces lieux, il était parti en criant son indignation.

– Ürgo, lui avait dit madame Li-li pour calmer sa colère, il faut vous faire une raison.

En le voyant revenir du conseil avant l'heure, la figure rouge de fureur, elle avait compris que cette première rencontre avec les autorités de Kashgar ne s'était pas très bien déroulée. Elle avait couru jusqu'aux cuisines et ordonné que l'on prépare les mets préférés du maître : du poulet rôti et des boulettes de mouton épicées.

Étendu sur un canapé recouvert de soie verte brodée d'or, Ürgo ouvrait la bouche bien grand pendant que madame Li-li y déposait les boulettes dégoulinantes de sauce sucrée les unes après les autres. Les yeux à demi fermés, dans un état de douce béatitude, il s'interrompait seulement pour avaler de grandes lampées de vin.

– Une raison ! avait-il fini par dire. Quelle raison ? Ce sont ces gens qui sont déraisonnables ! Comment voulez-vous qu'une cité fonctionne si tout le monde y est si important ? Il faut qu'il n'y ait qu'un souverain, un roi qui contrôle tout. Il faut un seul individu, une seule idée qui mène le monde. Pas dix, quinze ou vingt opinions, et des discussions interminables qui ne règlent rien. Je suis le souverain de cette ville. J'ai raison !

– Bien sûr que vous êtes le meilleur, ô mon prince, personne ne peut en douter. Et tout le monde sait que votre jugement est le plus sûr d'entre tous. Mais de grâce, pour la pérennité de nos entreprises, épargnez vos conseillers. Ce sont des minables et ils ne vous arrivent pas à la cheville, j'en conviens. Mais ce sont tout de même des chefs de tribu respectés qui habitent les déserts et les montagnes de cette région depuis plus de mille ans. Leurs racines sont profondes dans cette terre aride. Si vous les offensez, vous courez après les ennuis.

– Des ennuis ! Ah ! Ce sont eux qui auront des ennuis s'ils vont contre la volonté d'Ürgo le grand. J'ai été nommé par le khān de Karakorum ! Ma volonté fait force de loi.

– Je ne crois pas que le khān vous laissera faire ce que vous voulez dans son empire. Pour le bon fonctionnement des affaires publiques, il faut qu'il y ait la paix. Et pour cela, il y a des règles à respecter. D'ailleurs, je voulais vous entretenir à ce sujet. Mes espions m'informent que des voyageurs mongols sont arrivés dernièrement de la capitale. Ces hommes se présentent comme des marchands de bétail, mais leur éducation et leurs manières, paraît-il, ne trompent personne. Je vais essayer d'en apprendre un peu plus sur eux. Mais mon flair me dit que ces gens ont été envoyés ici dans un but bien précis, autre que le commerce du bétail. Et ce pourrait très bien être pour évaluer la conduite de vos affaires. Il faut être prudent. Vous devez créer des alliances et faire preuve de diplomatie pour protéger vos arrières en cas de conflit.

– Alors, ces chefs de tribu, je les recevrai chez moi. N'est-ce pas la raison pour laquelle j'ai fait construire cette somptueuse maison ? Je vais vous montrer, moi, ce qu'est la diplomatie.

– Éblouissez-les ! Ils ne pourront résister à votre charme.

Madame Li-li sourit en mettant une nouvelle boulette de viande dans la bouche d'Ürgo.

C'est ainsi qu'Ürgo avait fait aménager cette grande salle dont nous avons parlé plus tôt. Puisqu'elle était contiguë aux cuisines, on pouvait y faire servir, en un rien de temps, les repas les plus somptueux. Dans un coin, des musiciens jouaient en continu. Tout à côté, il y avait une petite scène décorée de magnifiques tapisseries. Danseurs et danseuses y exécutaient des danses extravagantes sur un seul claquement de doigts du maître. On y voyait passer des jongleurs, des acrobates et des magiciens de tout acabit, pour le plus grand plaisir des invités de l'intendant.

Ces derniers étaient sélectionnés par madame Li-li qui savait repérer, parmi les chefs de tribu, ceux qui étaient à même de servir leurs intérêts. À ces chefs, Ürgo offrait présents et divertissements ainsi que promesses pour le futur. Les hommes repartaient honteux, mais contents. Honteux d'avoir pris tant de plaisir chez le nouvel intendant en se gavant de plats succulents et d'alcools fins. Mais heureux des promesses obtenues en vue d'un avenir prétendument radieux.

Cependant, les plans machiavéliques d'Ürgo n'étaient pas parfaits. Et tous ne repartaient pas nécessairement contents. Le jugement déficient de l'intendant pouvait lui causer un certain tort, à lui comme à ceux qui venaient s'en remettre à sa loi.

Ainsi, deux montagnards, chefs de clans modestes mais respectés, vinrent le voir pour régler un différend à propos d'une vache. Celle-ci était une bonne laitière et – chose de la plus haute importance – elle donnait naissance à de magnifiques mâles reproducteurs. Selon l'un des deux hommes, la précieuse vache s'était enfuie de son troupeau un soir d'orage, alors que l'autre assurait qu'elle lui avait toujours appartenu. Ils s'accusaient mutuellement de l'avoir volée. Avant qu'une guerre n'éclate entre les deux clans, on avait recommandé aux deux chefs d'aller chez l'intendant de Kashgar pour lui demander de trancher.

Après avoir fait servir des boissons alcoolisées bien fraîches et écouté les deux hommes, Ürgo suggéra tout bonnement de couper la vache en deux. Les deux chefs de clan se regardèrent, éberlués. Ils se confondirent en excuses en expliquant que cette solution n'en était pas une. L'intendant fit servir du vin.

Après quelques verres, il fut convenu que la dissection de la vache en deux parties égales était la meilleure solution. Afin de fêter la réconciliation des deux hommes qui se tenaient maintenant par le bras, on convia quelques dignitaires et des proches de madame Li-li à un grand repas dans le jardin. On fêta très tard en se régalant de la pauvre vache.

Au petit matin, penauds, souffrant d'un terrible mal de tête, les deux malheureux retournèrent chacun dans leur clan sans dire un mot. Les membres de l'un des clans changèrent aussitôt de région et on ne les revit plus jamais. L'autre clan fut en deuil de son chef, qui mourut de honte peu de temps après ces regrettables événements.

***

Le jour était déjà bien avancé lorsque Ürgo se leva enfin. Il se présenta tel un souverain, dans une grande robe de chambre en soie, sur sa grande terrasse. Un verre à la main, il regardait les esclaves affairés à ramasser les restes de la soirée de la veille. Il y avait des déchets partout. Des morceaux de viande traînaient ici et là dans le plus formidable étalage de gaspillage jamais vu. Les orgies d'Ürgo, si elles faisaient le bonheur de certains, scandalisaient la plupart des habitants de Kashgar. Et les rumeurs les plus épouvantables circulaient sur la réputation du nouvel intendant.

Mais Ürgo n'avait que faire de ce que pensaient les citoyens de la ville. Tout ce qui l'intéressait, c'était son propre plaisir et les coffres de son trésor.

– Plus je suis riche et plus vous serez heureux ! cria-t-il à ses esclaves en ouvrant grand les bras.

Ces derniers cessèrent de travailler et s'inclinèrent très bas en signe de respect, joignant les mains comme pour adresser à leur seigneur et maître une courte prière. Il y avait, par contre, une jeune esclave qui ne se préoccupait pas de lui. Elle ne le regardait même pas, frottant les dalles de pierre couvertes de taches, là où Ürgo, sous les applaudissements de ses invités, avait saigné la vache en criant :

– Vive la justice !

Il fallait être téméraire pour refuser de répondre à un salut du maître des lieux. Tous les esclaves savaient qu'ils risquaient le fouet ou la torture si jamais ils osaient le contrarier. Cette jeune femme le savait très bien aussi. Et c'est pourquoi Ürgo ne pouvait s'empêcher de ressentir pour elle une certaine fascination et, dans une certaine mesure, d'être ému par sa bravoure. Même lui pouvait reconnaître qu'être la servante de madame Li-li exigeait un grand courage. Si elle n'avait pas toute la violence du gros marchand, elle était certainement deux fois plus vicieuse et perfide.

– Zara ! cria-t-il. Viens ici. Madame Li-li ! Venez ici, vous aussi, immédiatement.

La jeune esclave quitta sa tâche en se demandant quel nouvel affront allaient lui faire ces deux tyrans. Pendant ce temps, madame Li-li apparut sur le seuil de la terrasse. Elle s'empressa de camoufler ses cheveux en bataille sous un foulard. Elle était en chemise de nuit, et ses yeux pochés montraient clairement qu'elle dormait lorsque Ürgo l'avait appelée avec ses cris brutaux.

– Mais que se passe-t-il ? Pourquoi criez-vous ainsi, mon chéri ? Il est encore tôt, non ?

– Regardez votre fille de chambre.

– Ma fille, Zara ?

Lorsqu'elle se présenta à son tour sur la grande terrasse, Zara jeta un coup d'œil sur la ville où elle était née, où elle avait grandi, mais qui ne symbolisait plus pour elle que malheur et déception. Depuis qu'elle avait goûté à l'aventure, elle savait que sa vie était ailleurs, devant elle à l'est, sur les plaines immenses de la Mongolie. Maintenant qu'elle connaissait les délices de la liberté, elle ne serait plus jamais la servante qu'elle avait été autrefois. Des ailes allaient lui pousser, elle le savait. Elle attendait seulement son heure.

On l'avait habillée avec des haillons misérables ; on la faisait marcher nu-pieds à longueur de journée. Malgré cette vie dure qu'on lui faisait mener, malgré les outrages et les humiliations, Zara demeurait belle avec ses grands yeux ronds et brillants, son teint clair et lumineux, ses joues rondes…

– Regardez-la, fit l'oncle de Darhan.

– Qu'est-ce qu'elle a fait ?

– Mais regardez-la ! Elle a encore engraissé !

– Oh ! c'est honteux !

On alla chercher Narhu, le frère de madame Li-li.

C'était lui qui était responsable de tous les esclaves de la maison. Il leur distribuait leurs tâches le matin et veillait à ce qu'ils soient bien logés et bien nourris. Il devait aussi s'assurer qu'aucun d'eux n'était malade – non pas que l'on s'intéressât au sort de ces hommes et de ces femmes misérables, mais plutôt parce que l'on ne voulait pas qu'un malade contamine les autres et que la maison manque de main-d'œuvre, ce qui aurait nui à son bon fonctionnement, surtout après une soirée comme celle de la veille. Le lendemain, Ürgo devait rencontrer des gens importants: des tisserands qui venaient le voir pour s'entretenir avec lui d'un règlement sur les prix. En effet, certains d'entre eux exigeaient que l'on fixe les prix pour le commerce. D'autres, au contraire, voulaient qu'il revienne à chaque marchand de fixer son prix pour ses marchandises. Le nouvel intendant, qui ne comprenait rien à ce charabia économique, n'avait aucune idée de la façon dont il devait aborder ce problème. Il se demandait seulement s'il allait faire servir du vin ou un alcool un peu plus fort pour traiter cette question délicate.

Narhu arriva enfin. Toujours aussi rond et court sur pattes, il était vêtu d'une grande robe d'un beau bleu foncé qui descendait jusqu'au sol et lui recouvrait les pieds. Il ressemblait un peu plus à une personne respectable; du moins, plus qu'en ces temps obscurs où il faisait de la soupe dans les bas quartiers de la ville. Aussitôt qu'il vit Zara, il sembla devenir nerveux et parla rapidement:

– Tu m'as fait demander, ô ma sœur?

– Je t'ai déjà dit de ne pas me tutoyer en public! hurla-t-elle en lui envoyant une série de claques derrière la tête.

– Je vous demande pardon, fit le pauvre Narhu qui baissa la tête en se protégeant avec ses mains.

– Tais-toi ! Je t'ai demandé de surveiller l'alimentation de Zara. On dirait que tu ne t'es occupé de rien !

– Je ne comprends pas. J'ai fait diminuer ses rations de viande… et augmenter les légumes.

– Je ne veux rien entendre ! Tu te moques de nous. Et Ürgo est de fort mauvaise humeur !

Elle se retourna vers son compagnon, espérant trouver celui-ci fouet en main, prêt à administrer une formidable correction à son petit frère. Mais rien de tout cela. Au contraire, le gros homme souriait, le regard fixé sur la jeune fille. Il semblait fasciné, acquiesçant d'un mouvement de tête à quelques questions intérieures. Madame Li-li s'énerva :

– Mais qu'avez-vous donc, Ürgo, mon ami ? Vous m'intriguez.

– Il y a, madame Li-li, que je crois savoir exactement ce qui arrive à notre chère jeune fille.

– Notre « chère » jeune fille ? Ah bon !

– Cette enfant n'engraisse pas, non. Elle devient grosse… tout simplement.

– Pardon ? !

– Je dis…

– Vous dites ? !…

– Je le dis.

Madame Li-li fronça les sourcils. Elle s'approcha de Zara en faisant une moue pas possible. La jeune fille, sentant que l'on avait percé son secret, aurait voulu s'enfuir et disparaître immédiatement. Elle risqua même un regard en direction de la porte, mais celui-ci buta sur le dos immense des deux gardes qui s'y tenaient en permanence. Elle fut saisie par l'avant-bras et sentit les longs ongles de Li-li qui s'enfonçaient dans sa chair.

– Mais qu'est-ce que tu as fait ? Comment et avec qui ?

Zara ne disait rien, et n'aurait jamais rien dit, même sous la pire torture. Telle une tigresse, elle défiait madame Li-li du regard, faisant monter encore davantage la tension qui régnait entre elles. Mais la mégère ne répondit pas à la provocation. Elle se tourna plutôt vers son jeune frère. Elle ouvrit tout grands les yeux et la bouche, incrédule.

– Quoi ?! C'est toi qui as…

– Mais non ! s'exclama Narhu qui devint tout blême. Ce n'est pas moi !

– Alors, tu le savais ! Tu le savais ! fit madame Li-li, hors d'elle.

– Nooon ! fit l'homme en s'agenouillant pathétiquement aux pieds de sa sœur. Je ne le savais pas. C'est la première fois que j'entends parler de ça !

Elle lui donna des coups de pied avec ses pantoufles dorées, comme s'il s'agissait d'un chien. Puis, elle se retourna vers Zara avec la ferme intention d'administrer la correction de sa vie à cette enfant revêche. Elle leva le bras, mais sentit aussitôt une grosse main se refermer sur son poignet et empêcher son geste. C'était Ürgo.

Le gros homme n'avait toujours pas quitté Zara des yeux, la contemplant avec tendresse et convoitise.

– Mais, Ürgo, au nom du ciel, qu'avez-vous donc? Je ne vous reconnais plus.

– Il y a, ma très chère Li-li, que je suis en train de me rendre compte qu'aujourd'hui est sans doute l'un des plus beaux jours de toute ma vie.

– L'un des plus beaux jours de votre vie! Comment cela?

Ürgo lâcha le bras de madame Li-li, puis s'avança vers Zara qui recula de quelques pas. Elle était incapable de tolérer la proximité de cet être répugnant, encore moins son haleine infecte d'alcoolique.

– Il y a qu'en ce moment, je contemple celle qui va donner naissance… à notre enfant.

– Quoi?!! s'exclamèrent de concert Li-li et Zara.

– Exactement! Cette esclave nous appartient. L'enfant qui va naître sera donc à nous. Enfin, je vais avoir l'héritier dont je rêve depuis si longtemps.

L'attitude de Li-li avait changé du tout au tout. Elle regardait maintenant Zara avec le même regard satisfait que son compagnon. En effet, l'idée lui semblait bonne. Puisqu'ils ne pourraient jamais avoir d'enfant et qu'il leur fallait un héritier, aussi bien adopter celui-ci.

Zara avait blêmi. Elle tremblait de partout. Jamais elle n'aurait pu envisager pareille horreur. Mais quel dieu en ce monde pouvait être assez mauvais pour permettre qu'existent des gens comme ça? Ces êtres immondes qui n'avaient aucun respect, aucune morale.

– Mais je serai sa mère, c'est mon enfant, murmura-t-elle.

– Sa mère! s'exclama méchamment Li-li. Mais quelle mère? Tu ne seras la mère de rien. Tu es une esclave, et une esclave n'a aucun droit. Cet enfant nous appartient!

– Oh oui! enchaîna Ürgo avec enthousiasme, il nous appartient. Jeune fille, tu portes en toi un trésor. Notre trésor, que nous chérirons comme si c'était le fruit de notre propre amour. Je prendrai soin de toi comme de la plus grande des princesses. Mais gare à toi si tu ne me donnes pas un héritier, un fils! Narhu, prépare la plus belle des chambres pour cette petite. Tu t'occuperas d'elle comme de la prunelle de tes yeux. Tu seras responsable de sa santé, de ses humeurs. Si je constatais la moindre carence chez elle, je t'arracherais le cœur avec mes dents !

Sur ces mots, Ürgo quitta la terrasse d'un pas ferme et décidé. On l'entendit descendre l'escalier qui menait au premier étage et hurler dans la maison comme s'il était en proie à un délire psychotique.

– Un fils ! Ha ! ha ! ha ! Je vais avoir un fils !

Madame Li-li saisit Zara par le menton. La jeune femme, complètement dévastée par l'ignoble fatalité qui s'abattait sur elle, ne résista pas à son emprise. Ses grands yeux noirs, magnifiques, étaient humectés par les pleurs.

– Eh bien, ma grande, fit Li-li, tu as intérêt à donner naissance à un garçon, n'est-ce pas ?

L'affreuse mégère quitta la pièce en riant à son tour. Zara, incapable de se contenir plus longtemps, tomba à genoux et éclata en sanglots, le corps parcouru par d'affreuses convulsions.

Elle sentit la main de Narhu se poser sur son épaule.

– Allons, madame Zara, il ne faut pas vous décourager. Je dois voir votre amie Mia. Il paraît que le capitaine Souggïs est guéri. Votre évasion est pour bientôt, j'en suis convaincu. Jamais Li-li et Ürgo ne mettront la main sur cet enfant, j'en fais le serment.

Zara mit sa main sur celle de Narhu. Elle était incapable de parler, mais elle voulait qu'il sente bien à quel point elle lui était reconnaissante.

Le frère de Li-li la mena dans une chambre magnifique remplie de coussins et de tissus aux broderies délicates, avec des meubles de bois de rose sculptés finement. Cette chambre aurait pu, en effet, convenir à une princesse. Par contre, des ouvriers s'affairaient déjà à installer un gros verrou sur la porte en bois massif et des barreaux de métal à la fenêtre.

La nuit venue, Narhu quitta la demeure d'Ürgo, enveloppé dans une grande cape sombre pour passer inaperçu. Il prit courageusement la direction du hameau de Gor-han où Yoni et ses filles s'étaient réfugiées avec le capitaine Souggïs. Il avait fait plusieurs fois ce trajet sans encombre. Mais cette fois-ci, il était fort énervé d'avoir entendu Ürgo dire qu'il allait prendre l'enfant de Darhan et de Zara. Il fut imprudent en passant la porte arrière du jardin et il ne remarqua pas qu'il était suivi.

CHAPITRE 6

Le retour d'Asa-Gambu…

Depuis l'incident de la rivière, Darhan ne quittait plus Gekko. S'il devait mettre pied à terre, toujours il gardait une main sur sa crinière. Il avait trop souvent failli perdre son fidèle compagnon. S'il avait perdu tous ses amis, sa famille, si aujourd'hui il était plus seul que jamais dans cette quête qui prenait une tournure hallucinante, son cheval Gekko, lui, était toujours là.

Après ce qui s'était passé à la rivière, Darhan avait développé une sorte de phobie qui le forçait à rester loin de l'eau. Il s'en approchait avec répugnance, remplissant son outre à bout de bras dans les ruisseaux qu'il trouvait sur sa route, mais refusant d'y plonger même le petit doigt. Ces transformations étranges qu'il subissait depuis son séjour avec l'esprit du lac Baïkal, si elles l'intriguaient et lui procuraient un certain plaisir au départ, lui étaient maintenant devenues absolument insupportables. L'image de ce bébé aux yeux dénués de pupilles le hantait sans cesse, sitôt qu'il fermait les yeux. Dès qu'il s'arrêtait pour réfléchir, il le sentait là tout contre lui, dans ses bras. Et cette désagréable sensation de familiarité...

La route du faucon s'était de nouveau éloignée de celle de Darhan. Et ce dernier errait maintenant dans une vallée aride, immense, encastrée entre des montagnes rocheuses suffisamment hautes pour cacher le soleil. Chose exceptionnelle, il ne sentait pas le vent. Pas la moindre brise ne soufflait dans la vallée. Et pour la première fois, le berger des steppes avait l'impression d'entendre le véritable silence. Dans cette immensité montagneuse de l'Himalaya, un sentiment d'angoisse l'habitait en permanence.

Darhan crut ne jamais voir la fin de cette vallée. Voilà plus de deux jours qu'il avançait entre les parois rocheuses, enjambant des fosses abyssales qui paraissaient sans fond. Soudain, émergeant des nuages, une immense montagne apparut devant lui, au bout de la vallée, comme si elle en gardait l'entrée ou la sortie. C'était là le début de ces sommets phénoménaux aux neiges éternelles.

Sur la route, plus haut, Darhan vit un homme enveloppé d'une nappe de brume se déplacer rapidement. Et pour la première fois depuis qu'il cheminait dans ce monde étrange et aride, une brise glaciale le fit frissonner.

L'homme se tenait debout, immobile, les mains jointes et la tête baissée. Le vent soulevait ses vêtements amples. Et Darhan s'étonna de constater qu'il portait l'habit traditionnel mongol.

Une impression d'irréalité se dégageait de cet étonnant personnage que l'on n'aurait jamais pu imaginer trouver dans un tel endroit. Sur ses gardes, le jeune guerrier saisit son épée et fit ralentir son cheval, l'incitant à la prudence d'une légère caresse entre les oreilles.

Plus Darhan s'approchait de l'inconnu, plus les nuages de brume donnaient l'impression de se dissiper pour prendre de l'altitude, lui permettant de voir clairement le singulier bonhomme. Ce dernier, toujours immobile, décolla ses mains l'une de l'autre et les ouvrit devant lui d'une manière quasi cérémoniale. Puis, il leva la tête. Et Darhan fut sidéré en reconnaissant celui qui l'accompagnait depuis le début de ses aventures. Mais, il ne pouvait se le cacher, il l'attendait…

– Djin-ko…

C'était lui, Djin-ko, vêtu de cet manière. Lui qui s'était toujours présenté sous la forme d'un petit personnage irréel, volant sur le dos du grand aigle, avait à présent la stature d'un homme. Il ne portait pas son grand chapeau de poil qui lui donnait cet air déconcertant et même saugrenu, mais son visage était nettement reconnaissable. Ses yeux n'auraient pu tromper personne. Sa barbe, que Darhan avait toujours vue hirsute, était maintenant tressée et descendait de chaque côté de son menton, entremêlée de lanières de cuir et de duvet. Il n'avait plus l'air d'un être fantastique, mais bien celui d'un homme. Il parla d'une voix sévère:

– Ainsi, jeune guerrier, tu laisses tomber ceux qui t'ont fait.

Darhan sentit toute la puissance de l'esprit des steppes qui cherchait à le transpercer. Il aurait dû éprouver de la culpabilité et de la honte. Mais il était habité par une confiance inébranlable en lui-même, en son instinct qui le poussait vers l'avant. Il répondit, avec autant d'aplomb que son interlocuteur:

– Moi, je dis que ce sont les esprits qui m'ont laissé tomber.

– Tu avais été choisi par eux pour sauver la vie du khān. Tu étais promis à un avenir extraordinaire, tu aurais été couvert de gloire.

– Et je devais tuer mon ami sur le mont Helanshan.

– Kian'jan était Tangut. La haine de l'empereur des Mongols était en lui depuis son plus jeune âge. Il était une proie facile pour Kökötchü qui s'est servi de lui dans son alliance avec le général Asa-Gambu. Si tu avais mis fin à ses jours, tu aurais libéré ton ami de leur emprise et tu aurais sauvé son âme.

– Je ne te crois pas, murmura Darhan entre ses dents.

– Et depuis, tu suis l'esprit d'Asa-Gambu vers cette montagne. Tu as abandonné ton empereur, et maintenant tu vas renier ton père et tes ancêtres.

Au fur et à mesure que Djin-ko parlait sur ce ton accusateur, Darhan sentait le doute s'installer en lui. Il n'arrivait plus à supporter le regard de l'esprit des steppes qui semait en lui incertitude et culpabilité, détruisant les unes après les autres les convictions qui l'avaient fait sauter du pont pour suivre ce faucon blanc. Mais alors que le garçon s'embrouillait de plus belle, Gekko commença à remuer les oreilles, puis la tête, en expirant fortement par les naseaux. Le jeune homme sentit l'odeur de cheval monter en lui comme un baume, une assurance.

– Je suis désolé, Djin-ko. Je ne suis pas un soldat. Je suis un berger. Les esprits sont fourbes et manipulateurs. Je devais retrouver mon père.

– Ton père t'aurait été rendu si tu avais mené à bien cette mission.

– Et je devrais te croire ? Vous n'avez cessé de me mentir pour arriver à vos fins. Jamais, au grand jamais, je n'aurais tué un ami… ni pour un empereur ni pour quelque histoire que ce soit.

Cette fois, ce fut Djin-ko qui baissa les yeux.

Le vent soufflait maintenant très fort dans la grande vallée de pierre, semblant descendre du sommet de la montagne enneigée qui se dressait devant eux et qui, à mesure que Darhan parlait, gagnait en importance en s'étirant vers le ciel et les nuages. Djin-ko semblait avoir de la difficulté à rester debout, comme s'il perdait de la force et de la consistance. Pendant ce temps, Darhan ne bougeait pas, bien en selle sur son cheval, le dos droit, les deux mains bien arrimées à la crinière de l'animal qui gardait le pied solidement ancré dans le sol comme si lui-même, Gekko, était issu de la roche.

Le grand aigle apparut à travers les nuages, descendant le long d'une paroi rocheuse. L'esprit diminuait de taille. Lorsque l'oiseau passa au ras du sol, il sauta dessus. L'aigle s'envola, toutes ailes déployées.

– Un jour, tu auras besoin de nous. Mais nous ne serons plus là pour toi, jeune berger. Le vent de la guerre soufflera toujours. Tu n'y pourras rien. Et tes enfants souffriront à jamais de ta faillite morale envers ton empereur.

L'aigle montait, porté par les courants d'air ascendants, puis disparut dans la brume. Le sommet de la montagne était recouvert de nuages qui défilaient à toute vitesse. Darhan pressa légèrement les flancs de Gekko avec ses pieds, et le cheval reprit la route. Dans le ciel, le faucon blanc était réapparu et filait droit devant lui.

L'ascension du massif dura toute la nuit. Sans dormir, à bout de forces, torturé par la faim et le froid, le berger des steppes affronta une terrible tempête de neige et crut bien qu'il y resterait. Un vent effroyable soulevait de grands tourbillons de neige qui fouettaient le cheval. Celui-ci avait de plus en plus de difficulté à avancer.

Courageusement, le jeune homme et son cheval poursuivaient leur route, ne prenant pas la moindre pause, mus par la même conviction : il ne fallait pas s'arrêter, au risque de mourir gelé. Au petit matin, ils furent à même de constater tout le chemin parcouru depuis la veille. Le sentier les avait menés sur un immense plateau qui débouchait sur le flanc est de la montagne. Les nuages traversaient rapidement le ciel et se dispersaient en laissant apparaître le soleil qui se levait à l'horizon. L'astre du jour caressait de ses rayons jaunes la neige et la pierre de la montagne balayée par les grands vents.

Darhan se frotta les yeux à plusieurs reprises, essayant de faire s'estomper l'image qui venait d'apparaître devant lui tel un mirage ou une création de son esprit. Comme incrusté dans une falaise qui devait faire plus de cent mètres de hauteur, il y avait un grand bâtiment. Les grands moulins à prières que l'on voyait sur sa façade et qui tournaient dans le vent ne trompaient pas sur la nature de cette étrange bâtisse: il s'agissait d'un monastère. Taillé dans la pierre, celui-ci était difficilement visible au premier coup d'œil. Seules les quelques corniches de bois qui en émergeaient permettaient au regard d'en distinguer la forme singulière. Cette bâtisse incroyable s'élevait sur sept étages.

Darhan mena Gekko sur le chemin qui longeait l'immense falaise pour arriver devant une modeste porte de bois, avec deux pots en terre cuite posés devant. L'eau qu'ils contenaient était recouverte d'une mince couche de glace. Darhan la cassa avec son doigt qu'il sentit s'engourdir dans l'eau glacée. Puis, la porte s'ouvrit, ce qui le fit sursauter. Le garçon recula de quelques pas. Sur le seuil se tenait un petit homme qui souriait.

Il était habillé d'une robe beige. Un grand foulard orangé couvrait ses épaules et tombait jusqu'à ses hanches. Il avait le crâne rasé et portait de petites sandales en cuir. Ses pieds étaient recouverts de neige jusqu'aux chevilles, sans que cela semblât le déranger. Tenant ses deux mains jointes sous sa robe, l'homme avança un peu vers Darhan. Il s'inclina profondément.

– Nous vous attendions, ô jeune maître.

***

Le bonze, après avoir dit s'appeler Lao, referma la porte derrière lui tandis que Darhan s'avançait dans la cour intérieure. Celle-ci était plutôt petite. On y trouvait une vieille bergerie délabrée où ne vivaient que deux chèvres très maigres, dont on tirait un peu de lait. Une grande porte, en haut d'un large escalier, marquait l'entrée du monastère. À chaque étage, de grandes lucarnes de bois sculpté et surmontées de moulins à prières perçaient la façade. Deux moines, tout en haut, assis sur une planche de bois suspendue par des cordes, peignaient l'un de ces objets particuliers. Ils s'exécutaient avec une patience infinie et une grande minutie. Si tout ce qui constituait cette bonzerie tombait en décrépitude, les moulins à prières étaient pour leur part entretenus avec soin, frais peints, comme s'ils avaient été fabriqués la veille.

Darhan suivit le bonze qui grimpa l'escalier pour franchir la porte menant à l'intérieur du monastère. Il découvrit une salle immense, au plafond très haut qui se perdait dans l'obscurité. Accrochés aux murs, quelques flambeaux éclairaient un peu la pièce en dégageant une forte odeur de roussi. Ces moines, qui vivaient reclus, n'avaient sans doute que le suif de leurs animaux à faire brûler. La graisse animale donnait une faible lumière en dégageant une fumée noire qui piquait les yeux et qui empestait en se mélangeant aux odeurs de l'encens qu'on faisait brûler en permanence sur un petit autel devant un bouddha. Cette pièce était l'endroit où l'on venait se recueillir et prier. Darhan retira ses bottes sales, comme le lui ordonna du regard le chef de cet ordre étrange qui vivait isolé, perdu sur cette grande montagne, dans cette région hostile.

Le berger des steppes connaissait les moines bouddhistes qui parcouraient inlassablement les pays d'Orient. Par ailleurs, de plus en plus de Mongols se convertissaient au bouddhisme, délaissant l'animisme chamaniste. C'était encore plus vrai depuis les conquêtes de Gengis Khān et l'instauration de sa loi sur la liberté de culte. Très vite, l'empereur mongol avait compris que c'était là la seule façon de s'assurer la soumission des peuples conquis. Maintenant que Karakorum était devenu un important centre d'échanges économiques, les voyageurs affluaient de partout, apportant avec eux de nouvelles idées. Mais Darhan appartenait à une famille très proche des Qiyat traditionalistes. Sa mère, Yoni, avait toujours pratiqué avec grand soin les rituels associés au chamanisme.

Le garçon se souvenait de cet hurluberlu qui vivait tout seul dans le désert et qui venait chaque fois qu'il était malade, quand il était tout petit. L'homme faisait des prières étranges en poussant des cris étouffés qui rappelaient ceux d'un poulet. Ensuite, il l'obligeait à respirer de la fumée qui le faisait tousser beaucoup en lui mettant ses mains sales sur le visage, ce qui était très désagréable. La maladie s'en allait aussitôt. Était-ce parce que le chaman avait de réels pouvoirs, ou parce que le gamin traumatisé ne voulait plus avoir affaire à une telle personne ? Nul n'aurait pu le dire… mais le pensait certainement.

Après avoir enlevé ses bottes, Darhan salua discrètement le bouddha en s'inclinant à l'instar du moine. Ce dernier lui fit ensuite signe de le suivre et emprunta un escalier qui montait deux étages plus haut. C'était un petit escalier qui ressemblait beaucoup plus à une échelle. Si le monastère était très haut, il n'était pas creusé profondément dans la pierre. Ainsi, on ne s'enfonçait que rarement à plus de cinq mètres. Chaque étage était donc constitué d'un grand corridor, avec des ouvertures sur la façade, et parcouru de portes donnant en général sur des pièces sans lumière, très humides.

En haut, trois autres bonzes attendaient pour descendre. Ceux-ci les saluèrent, mais sans regarder ni Darhan ni Lao. Ils descendirent l'échelle dans le silence le plus complet, l'un à la suite de l'autre.

– Où allons-nous comme ça ? demanda le berger.

– Vous avez besoin de repos. Ensuite, nous verrons les détails de votre voyage.

– Quel voyage ?

Le bonze Lao demeura muet, comme si cette question n'était pas digne d'attention.

Ils avancèrent dans le grand corridor qui tournait légèrement sur la gauche en suivant la falaise. Des fenêtres, qui étaient plutôt des ouvertures dans la roche – de longues fentes de plus d'un mètre cinquante de hauteur sur vingt centimètres de largeur –, permettaient de voir la petite cour intérieure où l'on avait fait sortir les deux chèvres qui faisaient connaissance avec Gekko. Plus loin, Darhan voyait le sentier de pierres qui descendait dans la vallée. Encore plus loin, des sommets immenses et enneigés, s'étirant à l'infini sur un ciel bleu d'une extrême pureté. Le berger avait l'impression d'être dans un monde irréel. Il crut perdre pied, enivré par le paysage grandiose de l'Himalaya. Lorsqu'il se retourna, il vit le bonze qui s'éloignait. Il le rattrapa en quelques pas.

Une série de rideaux rouges faisant office de portes étaient accrochés à la falaise. L'un d'entre eux était plus grand que les autres et traversé par deux lignes jaunes verticales. Le bonze s'arrêta, s'inclina en signe de respect, en murmurant quelques paroles incompréhensibles, puis tira le rideau en faisant signe à Darhan d'entrer.

La pièce était minuscule. Les murs creusés dans la pierre, sur lesquels on voyait encore les marques des outils qui avaient gratté celle-ci, étaient luisants d'humidité. Une chandelle avait été allumée à côté d'un chaudron de braise fumante que l'on avait posé là récemment. Il y avait, dans un coin, un petit lit avec des couvertures de laine et de fourrure empilées les unes sur les autres.

– Vous m'attendiez ?! s'étonna Darhan. Comment est-ce possible ?

– Asa-Gambu avait dit que son successeur viendrait le jour de sa mort. Quand nous avons appris son décès sur le mont Helanshan, nous savions que vous viendriez. Cette chambre était la sienne. Dorénavant, ce sera la vôtre. Profitez-en pour reprendre des forces avant votre voyage.

Et Lao sortit en refermant délicatement le rideau.

Darhan s'assit sur le lit et se réchauffa les mains au-dessus des braises.

Le calme qui régnait dans cet endroit, conjugué à la chaleur des braises, était très apaisant. Le garçon était épuisé. Il s'étendit et laissa son esprit vagabonder un moment sur le plafond de cette chambre qui avait appartenu autrefois au terrible général Asa-Gambu. Même s'il avait voulu résister, il n'aurait pas pu ; il s'endormit d'un sommeil très profond, lourd et sans rêves. Ni le rire angoissant de Günshar ni le visage terrifiant du bébé ne vinrent le tourmenter.

***

Il y avait au-dessus de Zhengzhou un magnifique ciel étoilé. Cette grande ville, enclavée dans un des canaux qui menaient au Huang he, était un important point de communication entre les villes situées plus à l'ouest et le reste du royaume Jin. La grande jonque était au mouillage dans une baie. Tout autour, on pouvait voir des bateaux de toutes sortes. Barges, chaloupes, traversiers reliant les deux rives et transporteurs de marchandises, près d'une centaine de ces embarcations flottaient dans la nuit, balancées par la houle et par un vent très frais, toutes éclairées par de petits feux sur lesquels les équipages cuisaient le repas du soir.

Depuis qu'il vivait sur la jonque, Subaï aimait grimper au grand mât pour aller se réfugier tout en haut, sur la plate-forme d'observation. Si Hisham prenait de plus en plus de plaisir à jouer les capitaines et à donner des ordres, le petit voleur de Karakorum trouvait le temps long et se sentait plutôt à l'étroit sur ce navire. Lui qui était, depuis son plus jeune âge, un vagabond qui faisait à peu près tout ce qu'il voulait quand il le voulait, il trouvait cette jonque bien trop petite pour lui. Et la proximité des hommes, esclaves et soldats, lui était insupportable. Il avait parfois l'impression qu'il allait devenir fou, à côtoyer tous ces gens de si près. Ainsi, il montait régulièrement, plusieurs fois par jour, en haut du mât pour laisser son regard se perdre au loin, observant les rives du grand fleuve Jaune et les paysages qui défilaient, avec les petites communautés qui étaient installées ici et là.

Ce soir-là, Subaï avait retrouvé son endroit de prédilection, mais avec une idée bien arrêtée : il souhaitait se faire oublier des soldats jin. Il y en avait toujours deux qui montaient la garde sur le pont de la jonque, comme si une menace permanente pesait sur elle. Depuis l'attaque des pirates de l'Ordos, cela pouvait sembler compréhensible. Mais cela ne faisait qu'exciter la curiosité du garçon qui, avec son esprit fouineur, ne pensait plus qu'au contenu des cales avant du bateau, cette marchandise qui était responsable de la disparition, et probablement de la mort, du vieux rameur que le sergent Wan-feï avait accusé de vol.

En effet, deux jours auparavant, après que Hisham eut rendu son jugement définitif et irrévocable sur cette cause en s'opposant au désir de Wan-feï qui voulait condamner à mort le pauvre homme, on avait rapporté que ce dernier avait disparu. Tout le monde était sur les dents, craignant la colère du capitaine et s'attendant à une véritable catastrophe.

Mais le Perse, en apprenant la nouvelle, avait seulement regardé Wan-feï sans mot dire. Personne ne pouvait douter que le sergent et ses hommes avaient commis l'irréparable. Interroger les autres esclaves ne servait à rien.

Tout le monde semblait ignorer ce qui était arrivé au vieil homme, ou préférait garder le silence. La crainte de subir le même sort devait motiver ce mutisme.

Hisham avait voulu quitter le navire, mais Subaï l'avait convaincu de n'en rien faire. Il fallait absolument, disait-il, aller au fond de cette histoire et faire payer à Wan-feï cet acte d'insubordination, ce dont le Perse avait convenu, tout de même à contrecœur.

– Je te donne trois jours. Ni plus ni moins ! Ensuite, moi, je dégage.

– Ne t'en fais pas, mon vieux, ce sera réglé avant. Avec Subaï, toute cette affaire sera tirée au clair !

Juché tout en haut du mât, Subaï attendait son heure. Il savait que les deux gardes allaient s'assoupir. Il avait remarqué, durant ses escapades nocturnes sur le pont, que ça se terminait toujours comme ça. Les deux soldats discutaient près d'un brasero, puis, alors qu'avançait la nuit, ils finissaient par s'endormir.

Les deux hommes qui étaient de garde ce soir-là ne firent pas exception. Ils s'assoupirent à leur tour. L'un d'eux, assis sur des cordages, ne chercha même pas à s'en cacher : il s'étendit de tout son long. L'autre, plus discret, demeura assis sur un petit banc. Mais à voir son menton qui pointait vers sa poitrine, nul doute que ce gaillard, à l'instar de son compagnon, était parti dans le lointain royaume des rêves.

Après s'être laissé glisser le long du cordage, Subaï sauta sur le pont. Le garde qui dormait assis releva la tête, hébété, pendant que le petit voleur de Karakorum s'accroupit contre le mât en retenant son souffle. Avec soulagement, le garçon vit le soldat dodeliner de la tête comme s'il acquiesçait à une question quelconque, puis remettre son menton sur sa poitrine.

Subaï avança furtivement le long de la rambarde de bois. Le vent qui soufflait fortement depuis le fleuve soulevait des embruns qui lui fouettaient le visage. Mais ce même vent, camouflant le bruit de ses pas, était un allié précieux. Les gardes étaient installés tout près de la descente de cale, là où les marchandises destinées au roi Aïzong étaient entreposées: des barils remplis, soi-disant, de poisson fermenté et d'épices. Il lui fallait faire très attention cette fois, car il devait passer entre les deux gaillards pour avoir accès à la trappe, puis soulever cette dernière pour se faufiler à l'intérieur.

Tout se passa sans encombre. La trappe, qui n'était pas cadenassée, s'ouvrit aisément. Subaï pouvait quasiment sentir le souffle des deux dormeurs. Il se retourna lentement et se glissa dans la descente en posant un pied sur le premier barreau de l'échelle. Un long craquement se fit entendre. Celui qui dormait assis leva de nouveau la tête. Il n'était qu'à un mètre à peine du garçon, qui put voir ses yeux s'illuminant à la lueur des braises.

L'homme demeurait immobile, et le petit voleur de Karakorum retenait son souffle, persuadé qu'il était découvert. Il se préparait à détaler au pas de course pour aller se cacher dans la cabine de Hisham, lorsqu'il s'étonna de constater que le soldat, l'air ahuri, gardait toujours les yeux fixés droit devant lui. Il comprit que le dormeur, s'il avait été dérangé par le craquement, ne s'était pas réveillé et qu'il avait plutôt les allures d'un somnambule. Subaï s'interdit tout mouvement, et ce qu'il souhaitait arriva enfin : la tête du garde retomba sur son torse.

Il se laissa glisser le long de l'échelle, sans remettre les pieds sur les barreaux qui craquaient.

Subaï se retrouva au fond de la cale. Il faisait un noir d'encre et il regretta de ne pas avoir pris une lampe ou des allumettes. Dans l'obscurité, il se glissa tout de même à tâtons jusqu'à la marchandise. Il sentit la fraîcheur des jarres en terre cuite. Il en ouvrit quelques-unes, et bien qu'il ne pût voir ce qu'il y avait dedans, il savait que les épices, et surtout le poisson fermenté, auraient dû dégager une puissante odeur. Mais rien de cela. Le garçon allait plonger la main dans une des jarres lorsque des pas se firent entendre sur le pont au-dessus de sa tête.

– Alors, bande de fainéants, vous dormez encore ! fit la voix de Wan-feï. Est-ce qu'il va falloir que je me lève toutes les nuits pour vérifier si vous faites bien votre travail ?

Un bruit de pagaille se fit entendre. Les deux gardes recevaient sans broncher la correction que leur administrait leur chef. Puis tout cessa. Quelques pas rapides s'approchèrent de la descente.

– Mais qu'est-ce que c'est que ça ? Pourquoi cette trappe est-elle ouverte ? Qu'est-ce qui se passe ici ? Vous vous moquez de moi !

La lumière vacillante d'une torche apparut en haut de l'échelle. Subaï, calé contre l'étrave derrière des jarres empilées, savait très bien qu'il était fait comme un rat. On allait le découvrir. Wan-feï mit lourdement le pied sur le plancher de la cale, se retourna et leva sa torche pour explorer l'endroit du regard. Il vit aussitôt les jarres ouvertes et lâcha un cri.

– Quelqu'un est venu ici ! hurla-t-il. Pauvres imbéciles ! Allez chercher les autres, vite !

Les pas des deux gardes se firent entendre sur le pont, s'éloignant vers les cales arrière.

Wan-feï avait sorti son épée. Son regard furieux parcourait la marchandise, puis fixa Subaï dans la pénombre. Celui-ci était complètement figé, camouflé entre les jarres, ne sachant plus que faire. Ce fut Wan-feï qui lui donna la solution sans attendre l'arrivée de ses soldats.

– Je te vois, sale voleur. Je vais t'arracher les yeux, qui n'auraient jamais dû voir ce qu'il y a ici.

Le Jin sauta dans sa direction. Subaï bondit sur le côté en renversant une jarre dont le contenu, étincelant dans la lumière vacillante de la torche, se répandit sur le sol. Il y eut comme un temps mort durant lequel tous deux regardèrent le précieux contenu étalé par terre. Puis le petit voleur de Karakorum, sans demander son reste, s'élança vers l'échelle. Wan-feï se plaça devant celle-ci et donna un grand coup d'épée qui lui siffla dans les oreilles.

Instinctivement, Subaï courut droit devant, puis grimpa sur une varangue. Faites de bois massif, les varangues servent de renfort contre lequel la coque vient s'appuyer; ce sont elles qui donnent sa forme au bateau. Celles de la jonque n'étaient pas pleines et étaient parsemées d'ouvertures. La varangue sur laquelle Subaï était juché offrait une brèche vers la cale centrale du bateau où dormaient les esclaves. Il s'y glissa juste avant que Wan-feï ne l'attrape. Le soldat était trop gros pour y passer.

Les esclaves étaient couchés les uns contre les autres sur des couvertures. Il régnait là une odeur infecte. Subaï bondit par-dessus chacun d'eux en direction de la sortie. Déjà, Wan-feï était revenu sur le pont supérieur.

Le petit voleur y monta à son tour et entendit les pas lourds du soldat qui courait vers lui. Il se précipita sans même se retourner vers la cabine de Hisham. Il ouvrit la porte à toute vitesse et la referma derrière lui avec fracas pour se retrouver dans l'obscurité totale, son cœur battant fortement au creux de sa poitrine.

– Mmm…, fit la voix endormie de Hisham. Qui est là ?

– Ce n'est rien… C'est moi.

– Tu parles d'une heure pour rentrer, ajouta le Perse avant de se rendormir dans un puissant ronflement.

Subaï, le dos appuyé contre la porte, fit glisser doucement le verrou pour s'assurer que personne ne pourrait entrer. Wan-feï aurait eu mille fois l'occasion de pénétrer dans la cabine, mais il n'avait pas osé, de peur d'affronter Hisham le Perse qui ne lui pardonnerait rien. On entendit le sergent marcher de long en large devant la porte avant de s'éloigner et de disparaître dans les bruits du vent.

Subaï se laissa tomber sur son lit. Mais il ne trouva pas le sommeil. Il resta éveillé toute la nuit, s'attendant à tout moment à voir Wan-feï, en compagnie de ses sbires, faire une entrée fracassante dans la cabine pour l'écorcher vif. Heureusement, le ronflement rassurant de Hisham était tout près, le protégeant de cette sinistre éventualité.

CHAPITRE 7

Les âmes tourmentées…

Hisham fut réveillé par la lumière du soleil qui entrait par la fenêtre de sa cabine. Celle-ci donnait sur la poupe qui était orientée vers le fond de la baie. Déjà, de nombreux bateaux étaient en route, leur journée de travail commencée, et on voyait des hommes godiller en direction du courant. En levant la tête, le Perse vit Subaï, assis à la table, occupé à manger des prunes achetées la veille au marché de Zhengzhou.

Hisham regardait sa robe jaune, suspendue au pied de son lit. Depuis l'incident avec Wan-feï, il refusait de la porter, pour exprimer son mécontentement. Il s'étonna de trouver son jeune ami debout à une heure pareille. Depuis qu'il le connaissait, il devait se battre avec lui chaque matin pour l'arracher de ses couvertures. Nul doute qu'il était préoccupé.

– Qu'est-ce que tu as, toi ?

– Comment ça, qu'est-ce que j'ai? répondit Subaï qui venait de se fourrer une prune entière dans la bouche.

– Je ne t'ai pas vu souvent debout avec le soleil. Est-ce que tu serais en train de t'assagir, gamin?

– Pfff... pendant que tu dormais, gros naïf, moi, je réfléchissais.

– Ho! ho! ho! s'exclama Hisham. Quelle bonne blague!

Subaï se retourna vers son gros compagnon. Il avait les yeux cernés, lourds de fatigue, mais il y brillait une lueur intense témoignant d'un enthousiasme hors du commun. Hisham s'approcha et saisit une prune à son tour, qu'il engloutit avant de recracher le noyau dans un bol de bois.

– Et à quoi tu penses? Dis-moi. Tu as résolu le mystère du vieil esclave? C'est Wan-feï qui a fait le coup, n'est-ce pas?

– Je n'en ai pas la certitude, mais c'est évident.

– Pas certain, mais évident... Je ne te suis pas. Si je veux m'en prendre à Wan-feï en toute légitimité, il me faut des preuves coulées dans le béton.

– Je n'ai pas de preuves coulées dans le béton, mais j'ai mieux que ça.

Subaï se leva et se mit à marcher de long en large, les mains derrière le dos. L'enthousiasme était un de ses traits de caractère. Mais, cette fois, il était véritablement fébrile, attisant encore plus la curiosité de Hisham qui s'assit pour le regarder d'un air étonné.

– Mieux que ça ? Je t'écoute.

– Hisham, mon ami, ce bateau est d'une importance capitale pour le roi Aïzong et, cette nuit, j'ai compris pourquoi.

– Pourquoi ?

– Parce que cette jonque transporte... un véritable trésor !

– Du poisson fermenté, un trésor ?

– Non ! On nous a menti. Il n'y a dans la cale ni poisson ni épices... seulement des dizaines et des dizaines de jarres, de tonneaux et de caisses bourrés de pièces d'or !

Hisham se leva et alla vers la fenêtre. Le soleil était maintenant levé. Une immense barge, surmontée d'un mât très court et d'une grande voile aurique, jaune sale et toute trouée, passa tout près de la jonque. Elle était remplie à ras bord, débordant de cages à poulets entassées les unes sur les autres, formant une pyramide si grande et si étrange que l'on se demandait comment une structure pareille pouvait tenir en équilibre, avec la houle du fleuve qui la secouait. Des plumes de volaille volaient dans les airs et suivaient l'embarcation, flottant dans son sillon.

– Mais pourquoi tout ce secret ? dit le Perse. Si le trésor est si important, pourquoi le roi Aïzong ne l'a fait escorter que par ce Wan-feï et une vingtaine de soldats, plutôt que par une division complète de son armée ? Ainsi, il n'aurait rien eu à craindre des pirates et des pillards.

– Parce que, justement, tu l'as dit : c'est un secret. J'ai beaucoup réfléchi cette nuit et, selon moi, le roi cherche à rapporter ses richesses de l'ouest de son royaume. Il sait que le khān se prépare à l'attaquer et qu'il commence à masser ses armées le long de la frontière. Mais, en même temps, Aïzong ne veut pas décourager son peuple qui se prépare à se défendre contre le déferlement des hordes mongoles, et qui doit déjà vivre dans une crainte suffisante. Si tous ces gens étaient au courant de la manœuvre de leur roi, ils y verraient un désaveu et un manque de confiance. Découragés, ils se rendraient aux Mongols sans offrir la moindre résistance, sachant que ce serait là la seule façon de ne pas être décapités. Si tu veux mon avis, il doit y avoir d'autres de ces jonques qui naviguent sur le fleuve, et même des convois qui parcourent le royaume en ce moment même en direction de Keifeng.

– Pékin, corrigea Hisham. Nous allons à Pékin.

– Non, Keifeng. Le roi est à Keifeng. Les soldats jin disent que ce bateau file vers Pékin pour faire diversion. Nous devons obligatoirement passer par Keifeng pour emprunter le canal des Rois qui remonte jusqu'à la grande cité. Le débarquement des jarres est prévu là, j'en suis sûr.

Hisham regardait son jeune compagnon, les deux bras croisés, secouant la tête. Il affichait un grand sourire.

– Eh bien ! Subaï, pour un gars qui ne sait toujours pas de quel côté le soleil se lève, tu m'étonnes !

– Eh ! oh ! qu'est-ce que tu crois ? ! Il y en a, là-dedans, fit le garçon en frappant sa tête avec le bout de son index.

– C'est ce que je vois. C'est ce que je vois… Ainsi donc, voilà qui expliquerait la mort de cet esclave qui avait mis son nez là où il ne fallait pas.

– Oui, enfin…

– Cela n'excuse en rien le comportement de Wan-feï qui s'est opposé à moi. Je le tiens, celui-là. Je vais le convoquer en privé, et je vais lui dire que nous connaissons son secret.

– Euh… Hisham… je ne suis pas sûr que ce soit une bonne idée.

– Tu as raison. C'est une mauvaise idée qui va nous attirer des ennuis. J'irai plutôt discuter avec lui et amorcer une réconciliation. Ensuite, nous ferons comme si de rien n'était, comme si nous n'avions aucune idée de ce que transporte cette jonque. Une fois que nous serons à Keifeng et que notre mission sera accomplie, nous irons voir le roi et nous passerons à la caisse. Pas mal, hein ? Je deviens presque aussi malin que toi !

– Euh… Hisham… c'est que ça ne s'est pas passé exactement comme ça dans les cales du bateau…

***

Narhu était caché derrière un vieil arbre, sur le chemin qui menait au hameau de Gor-han. Les cris des chiens, derrière, l'avaient alerté. Plus tôt, les mêmes chiens, qui vivaient autour d'une maison abandonnée sur la route déserte, avaient salué son passage de leurs aboiements féroces. Quelqu'un subissait le même traitement en ce moment, et les hurlements des molosses résonnaient partout sur la grande plaine… « Qui donc peut voyager sur cette route austère à une heure pareille ? » Tel avait été son questionnement. Alors, tout énervé, il s'était aussitôt glissé derrière cet arbre.

Le frère de madame Li-li n'était pas un être courageux. Seulement, il avait développé une haine dévorante pour Ürgo qui lui avait volé sa grande sœur. Il avait recueilli celle-ci chez lui, à moitié morte, battue et humiliée par les soldats de Gengis Khān. Il l'avait soignée et remise sur pied. À elle qui se désolait de n'être plus rien après la perte de son mari et celle de son statut social, il avait offert de partager les revenus de sa petite cantine dans la basse ville. S'il avait alors été capable de supporter le caractère infect de Li-li, il ne l'acceptait plus depuis qu'elle l'avait rejeté pour s'acoquiner avec Ürgo.

Son ventre tout rond appuyé contre le tronc sec de l'arbre, Narhu risquait à tout moment un regard furtif vers le chemin avant de dissimuler de nouveau sa tête aussi vite. Dans l'obscurité de la nuit, il n'y voyait rien. Et, l'attente devenant interminable, il en conclut que les chiens s'étaient sans doute excités en flairant une quelconque bête.

– Un lièvre ! s'exclama-t-il, son visage s'éclairant au fur et à mesure que cette solution faisait son chemin dans sa tête et apaisait son esprit. C'est sans aucun doute un lièvre qui est passé par là !

Ainsi, Narhu reprit, d'un pas court et rapide, son chemin qui le mena à travers champs jusqu'au campement de Yoni.

Il monta la colline jusqu'au jardin d'abricotiers. Un feu discret brûlait près des tentes.

Narhu s'annonça, comme convenu, en sifflant longuement à trois reprises. Trois sifflements très courts lui signalèrent qu'il pouvait s'approcher. Près des braises fumantes qui dégageaient un parfum agréable, il trouva Yoni en compagnie de cet homme impossible qui lui faisait si peur : le capitaine Souggïs. Lui à qui on avait coupé les jambes était assis sur une couverture de fourrure. Il tenait son épée entre les mains, l'air menaçant, mais se calma en reconnaissant le frère de Li-li qui s'avançait en s'inclinant de manière comique avec son gros bedon. Yoni le salua en jetant sur les braises quelques morceaux d'encens, ce qui expliquait cette bonne odeur qui flottait dans les airs.

– Sois le bienvenu, Narhu, dit-elle. Comment vas-tu en cette nuit magnifique ?

– Je… je vais très bien, madame Yoni. Je vous remercie.

– Tu n'as pas été suivi ? lança sèchement Souggïs.

– Oh non, non ! J'ai été très prudent. Personne ne sait que j'ai quitté la ville. Personne ne m'a suivi…

– Y a intérêt…

Le capitaine n'avait pas aimé cette réponse de Narhu, détectant dans sa voix une incertitude qui ne lui plaisait pas ; si bien qu'il quitta sa couverture en marchant sur ses mains et en traînant son épée sur son dos. Il se mit à arpenter le campement comme l'aurait fait un chien de garde.

Le frère de Li-li s'assit près de Yoni et lui raconta dans les moindres détails les derniers événements qui avaient eu lieu dans la maison d'Ürgo. Même si la jeune femme connaissait bien son frère, elle ne cessait de s'étonner de son esprit si tordu qui pouvait, d'une certaine façon, susciter l'admiration. Elle l'avait connu petit berger magouilleur, mais sans envergure. Aujourd'hui, elle n'en revenait tout simplement pas de constater que la haine et la malhonnêteté pouvaient mener un homme dans les plus hautes sphères de la société.

– Et Li-li ?

– Ma sœur est d'accord pour adopter l'enfant.

– Bon... Bien que tout cela soit franchement répugnant, l'important, c'est que Zara soit bien traitée. C'est toujours un souci de moins pour nous. Mais il ne faut plus tarder. Il faut libérer cette petite.

– Une rencontre importante aura lieu entre Ürgo et la guilde des tisserands. Un grand conflit se prépare au sujet des prix. Certains parlent même de prendre les armes contre leurs confrères. Cette réunion durera sûrement plus d'une journée. De grandes tentes seront montées dans le jardin de votre frère pour loger tous ces gens qui auront beaucoup de choses à dire. En général, votre frère aime bien faire boire ses invités afin d'obtenir d'eux ce qu'il veut... si vous comprenez ce que je veux dire.

– Je comprends très bien, Narhu. Mon frère n'a toujours eu que l'alcool pour arriver à ses fins, et pour pervertir ses propres mœurs et celles des autres autour de lui. Je pense que c'est en effet le meilleur moment pour nous glisser dans sa maison en profitant du grand remue-ménage que cette rencontre va générer. Mais de quelle manière? Je l'ignore.

– Il faut aller chercher Nadir au plus tôt. Il habite Kashgar depuis toujours et il a des amis importants. Lui seul peut nous aider.

Narhu s'inclina profondément en voyant Mia sortir de la tente. Elle était pieds nus, emmitouflée dans une grande couverture de fourrure. Malgré son jeune âge et son allure débraillée, elle avait cette dignité qui faisait les reines. Elle avança en regardant devant elle, comme une aveugle, à tâtons, puis s'assit contre sa mère qui la serra dans ses bras et caressa ses cheveux sous le regard ému de Narhu et de Souggïs qui s'était joint à eux.

– Et tes yeux, ma petite? demanda le capitaine avec inquiétude.

– Ce n'est qu'un malaise passager. Tout ira bien dans quelques jours.

Le reste de la nuit, ils discutèrent tous les quatre, échafaudant un plan pour libérer Zara des griffes d'Ürgo et de madame Li-li.

***

Le jour n'était pas encore là, mais déjà on pouvait voir le ciel prendre une teinte bleutée annonçant sa venue imminente. Dans la pénombre, Narhu redescendit vers Kashgar en passant par le hameau de Gor-han, courant aussi vite que le lui permettaient ses courtes jambes. Il voulait arriver avant que le soleil ne se lève, car il fallait qu'il assigne leurs tâches aux esclaves de la maison pour qu'ils se mettent au travail avant le réveil de Li-li et d'Ürgo.

Narhu repassa devant la maison délabrée. Les chiens bâtards jappèrent furieusement de nouveau. Il s'en éloigna avec enthousiasme, persuadé qu'il arriverait juste à temps pour accomplir son travail du matin, lorsqu'il entendit le galop de plusieurs chevaux. Deux cavaliers avaient émergé de derrière la maison et fonçaient maintenant sur lui. Ils passèrent de chaque côté du pauvre bonhomme qu'ils saisirent au lasso et traînèrent brutalement sur le sol caillouteux. Narhu se protégea du mieux qu'il le put, couvrant son visage et sa tête de ses deux mains, demandant pitié à ses agresseurs jusqu'à ce que tout s'arrête.

Il entendait les chiens qui jappaient autour de lui. Son corps le faisait atrocement souffrir, comme si on l'avait plongé tout entier dans le feu. Il releva la tête en crachant poussière et sang pour voir, devant lui, une grande dame vêtue d'une longue robe, assise sur un petit siège et entourée par deux gardes très costauds. C'était sa sœur, Li-li.

– Alors, mon petit frère, on fait sa promenade de nuit ?

– Oh, ma sœur, fit-il en se traînant jusqu'à ses pieds, je te demande pardon…

– Pardon ! s'exclama-t-elle. Tu me demandes pardon après ce que tu m'as fait ? alors que je te trouve en train de magouiller avec l'ennemi ? Oh, mon frère, mais que me demandes-tu là ?

Madame Li-li regardait Narhu avec dédain. Elle avait toujours su qu'il était un minable. Mais cette fois, à le voir ramper ainsi dans la poussière avec son visage tuméfié, elle le trouvait tout simplement pathétique. Il pleurait à chaudes larmes pendant qu'elle souriait avec une méchanceté infinie.

– D'accord, petit frère, d'accord, je veux bien te pardonner.

Elle lui tendit un pied qu'il embrassa frénétiquement. Puis, il s'approcha d'elle et appuya sa tête sur sa cuisse, comme l'aurait fait un chien. Elle caressait ses cheveux et son visage sale, couvert de sang et d'ecchymoses, en prenant un air désolé.

– Pourquoi... mais pourquoi, Narhu, m'as-tu fait ça?

– Parce que, depuis que tu aimes cet Ürgo, tu ne t'occupes plus de moi...

– Mais, Narhu, mon petit, j'aime Ürgo pour ce qu'il est: un homme riche et puissant. Tandis que, toi, je t'aime parce que tu es mon petit frère, et ce, de façon inconditionnelle. Jamais je ne t'abandonnerai. Tu comprends?

– Oui.

– Alors maintenant, petit frère, au nom de ces liens qui nous unissent à jamais, dis-moi tout, s'il te plaît.

***

Darhan ouvrit subitement les yeux. Combien de temps avait-il dormi? Il l'ignorait. La lumière du jour entrait par la porte de sa chambre, que l'on avait ouverte. Deux moines déposaient sur le sol une nouvelle assiette pleine de braises bien rouges en remplacement de l'autre. À côté, il y avait un bol de riz fumant.

En constatant que leur invité s'était réveillé, ils quittèrent aussitôt la chambre. Le berger des steppes sortit à regret des couvertures de fourrure, mais son estomac vide l'entraîna irrésistiblement jusqu'au bol de riz qu'il avala goulûment.

Il s'assit de nouveau sur le lit, puis tira jusqu'à lui un seau rempli d'eau glacée. Il mouilla ses longs cheveux et lava son visage. En relevant sa figure humide, qu'il essuya avec son gilet, il vit la peau de loup posée sur le sol, dans un coin de la chambre. On aurait dit que l'animal était vivant et le regardait. Avant de l'enfiler, Darhan se demanda si cette peau qu'il avait rapportée de cet autre monde n'était pas ensorcelée, si elle ne risquait pas de lui porter malheur. Mais chaque fois qu'il la portait, une agréable sensation l'envahissait. Il se sentait comme dans ces moments où il avait accompagné Bun-yi, mais sans l'angoisse et les tracas ; comme s'il ne devait plus douter de rien, comme ce jour où, naïf et plein de bonne volonté, il avait triomphé au jeu de Tugiin devant les meilleurs cavaliers de l'empire de Gengis Khān. Cette peau de loup était la sienne. Il l'avait retrouvée dans les circonstances les plus inusitées. Mais à quel prix ? Il le saurait beaucoup plus tard.

Il sortit de la chambre pour aller voir Gekko. Après avoir descendu les deux étages par les échelles sans voir qui que ce soit, il aperçut quelques dizaines de moines en prière devant le bouddha dans la grande salle du rez-de-chaussée. Une épaisse fumée flottait dans la pièce, piquant les yeux et embaumant l'air d'une multitude de parfums étranges, difficilement identifiables.

Sans faire de bruit, Darhan quitta les lieux pour rejoindre son cheval. Il le trouva dans la bergerie, disputant le maigre fourrage aux deux chèvres des moines. L'animal salua son maître d'un puissant hennissement, faisant fuir les deux bêtes qui se réfugièrent dans un enclos. Mais les deux ruminants, entêtés, revinrent aussitôt à la charge en voyant que le cheval avait délaissé son repas pour s'occuper de cet être curieux qui ressemblait plus à un animal qu'à un homme.

Darhan, en voyant l'écume blanche qui coulait de la gueule de son cheval, comprit tout de suite que celui-ci était assoiffé. Il y avait bien un seau sur le sol de la bergerie qui contenait un peu d'eau très sale. Le garçon chercha un puits dans la cour, mais n'en vit aucun. La porte du monastère grinça sur ses gonds. Le bonze Lao, qui l'avait accueilli la veille, se tenait dans l'entrebâillement. Darhan fit quelques pas vers lui.

– Je cherche de l'eau pour mon cheval. Il meurt de soif.

– Nous prenons l'eau dans un puits qui est au cœur de la montagne. Il faut descendre dans les caves pour y accéder. Suivez-moi, jeune maître.

La grande salle du monastère était pratiquement vide, maintenant. La prière étant terminée, tous étaient repartis accomplir leurs tâches respectives, excepté un très vieux bonze qui se tenait aux pieds du bouddha dans le dépouillement le plus complet, habillé seulement d'un grand tissu, enroulé autour de sa taille, qui cachait ses jambes et ses pieds. Ses yeux étaient tout blancs, et la manière qu'il avait de suivre les déplacements du bonze Lao et de Darhan indiquait qu'il était aveugle. Percevant que ceux-ci s'éloignaient de lui, il émit une sorte de hurlement sourd qui les fit tous deux se figer. Il parla ensuite d'une façon difficilement compréhensible, lui qui n'avait plus une seule dent dans la bouche et dont on voyait les gencives noircies.

– Maître Lao, ô dirigeant de notre ordre, qui est celui qui t'accompagne ? J'entends ses pas sur le sol de pierre et j'ai l'impression de l'avoir connu autrefois. N'est-ce pas le cœur d'Asa-Gambu qui est ici ?

– Il est revenu en effet, dit le grand bonze.

Le vieux moine, en promenant ses yeux malades sur tout ce qui l'entourait, agita les bras vers le visiteur pour lui demander de s'approcher. Après avoir consulté du regard Lao qui lui fit signe qu'il pouvait faire comme bon lui semblait, Darhan s'accroupit devant l'aveugle. Celui-ci caressa tout d'abord la tête de loup, puis le visage du jeune homme avec ses mains aux doigts tordus, à la peau plissée, mais d'une douceur incroyable.

– Oh! oui…, souffla-t-il, il est de retour parmi nous. Il ne vieillit jamais. Une éternelle jeunesse, à travers les âges. Mais d'où vient-il, cette fois-ci? Son visage est dur comme ceux des hommes qui vivent dans les froids déserts du nord.

– Il est Mongol, ô vénérable ancêtre.

– Ah oui, les Mongols… Un fils du grand Gengis Khān. Ce sont de terribles guerriers. Mais celui-ci… est un berger.

Le vieillard avait saisi les cheveux de Darhan et le tirait vers lui. Le berger des steppes demeurait cependant inflexible, refusant de baisser la tête devant le moine aveugle. Mais ce dernier mit dans son mouvement tant d'insistance que le garçon le laissa grimper sur lui comme l'aurait fait un singe. Darhan sentait l'odeur d'encens que dégageait la toge du vieil homme et, surtout, son haleine fétide pendant que le vieux collait sa figure contre la sienne.

– Ô Asa-Gambu, est-ce ton dernier voyage ? Toi qui as fait toutes les guerres depuis si longtemps, te reposeras-tu enfin ? Il y a un prix terrible à payer, n'est-ce pas ?

Et le vieil homme lâcha Darhan avant de retourner à sa méditation, aux pieds de l'idole.

Le bonze Lao s'était saisi d'un flambeau sur l'un des murs. Il mena Darhan derrière le bouddha, puis dans un escalier de pierre d'où montait un air froid et humide qui faisait vaciller la flamme de la torche. Les marches étaient recouvertes d'une mousse qui les rendait extrêmement glissantes, et il fallait descendre en prenant son temps pour poser ses pieds bien à plat, au risque de se casser le cou dans cet escalier sculpté grossièrement dans le roc.

Après s'être enfoncés ainsi au cœur de la montagne, dans une descente qui avait duré un court moment, ils aboutirent, à la fin de cet obscur passage, devant un trou qui ressemblait à un puits. Le bout d'une échelle en sortait. Un bac de bois cassé était posé tout près, sur le sol qu'éclairait péniblement le flambeau de Lao.

– Voilà le premier puits, dit le moine. Pendant les crues, l'eau monte jusqu'ici. Mais, à cette époque de l'année, il vous faudra descendre dans les niveaux inférieurs. Vous trouverez là l'eau dont votre cheval a besoin.

Darhan, le seau dans une main, le flambeau dans l'autre, parvint à s'accrocher à l'échelle pour entreprendre la descente dans le puits. Sa tête dépassait à peine du trou noir lorsqu'il leva les yeux pour regarder le bonze devant lui qui le fixait d'un regard placide.

– Mais dis-moi, Lao, quand débutera ce voyage dont tout le monde me parle?

– Vous venez de le commencer à l'instant, ô jeune maître.

Le grand bonze lui tourna le dos, puis emprunta l'escalier vers la grande salle et disparut rapidement dans le noir. Darhan demeura immobile un moment, écoutant le bruit des pas de Lao, jusqu'à ce que plus rien ne fût perceptible, excepté ce vent frais qui remontait du puits sous ses pieds, dans l'obscurité opaque.

***

Le puits était d'une profondeur hallucinante, et Darhan se demandait combien de temps encore il devrait descendre ainsi avant d'arriver à la source d'eau de la montagne. Plusieurs fois, il dut serrer les épaules pour se retrouver dans une position précaire, avec l'angoisse de rester prisonnier entre les pierres et de ne plus jamais pouvoir en ressortir. Mais, finalement, arriva ce moment tant attendu où il posa le pied sur le sol.

Il s'engagea alors dans un tunnel. À son grand dam, à l'instar du puits, celui-ci se rétrécissait à certains endroits, si bien que le garçon se retrouva bientôt à quatre pattes, traversant des petites cuvettes creusées dans la roche et remplies d'une eau très froide et stagnante. Il avait peine à croire que les moines dussent parcourir ce chemin impossible tous les jours pour aller chercher de l'eau. Même si la vie monastique exigeait bien des sacrifices, il devait tout de même exister un autre moyen pour puiser de l'eau que de se traîner ainsi comme un rat dans ce réseau de tunnels poisseux. Pour couronner le tout, la brise qui venait face à Darhan forcit brièvement, mais suffisamment pour éteindre le flambeau qu'il tenait dans sa main droite.

Il eut un long soupir qui résonna dans le tunnel.

« Eh bien, Darhan, bravo ! se dit-il. Ces moines se moquent de toi, il n'y a pas de doute. »

Il aurait dû retourner à la surface pour prendre un autre flambeau. Mais au point où il en était, et obstiné comme lui seul savait l'être, il choisit de continuer à avancer à tâtons dans l'obscurité la plus complète, se retrouvant même parfois à plat ventre, rampant dans une nappe d'eau gluante.

Soudain, le tunnel s'agrandit tellement que Darhan ne put garder les mains sur les parois qui s'ouvrirent de chaque côté. Au-dessus de sa tête, il n'y avait qu'un vide opaque, un noir absolu. À entendre l'eau qui coulait à certains endroits et ce long écho que faisaient les gouttes dans les flaques, il en conclut qu'il était arrivé dans une grotte souterraine. Le petit vent frais et humide soufflait toujours. C'était lui que le jeune homme s'était résolu à suivre. Et puis, à son grand étonnement, il lui sembla qu'une lumière apparaissait devant lui.

Il avança dans cette lueur étrange qui éclairait maintenant les parois rocheuses. De grandes stalactites et stalagmites s'étiraient, les premières depuis des hauteurs inaccessibles, et les deuxièmes depuis le sol rocheux, pour se rejoindre les unes les autres et former ainsi des sculptures aux contours parfois étonnants. Puis, levant les yeux, Darhan vit une chose si incroyable qu'il fut saisi d'un grand vertige. Au-dessus de lui, il y avait une voûte céleste où scintillaient des milliers d'étoiles.

Le garçon posa un genou sur le sol pour calmer son esprit tourmenté. Tout semblait tourner autour d'un axe qui se trouvait au-dessus de sa tête. Lui-même tournait en ne sachant plus où étaient ses repères. Ce furent les pleurs d'un enfant qui le ramenèrent à lui, attirant son attention vers un endroit où les sculptures de pierre prenaient des formes d'arbres et de buissons. Il se releva et se remit à marcher.

Darhan avait l'impression d'avancer dans un magnifique jardin, d'une richesse infinie, avec des arbres de toutes sortes, des fleurs magnifiques et des arbustes finement taillés. Des sentiers faits de cailloux rouges formaient un parcours à travers cette végétation luxuriante qui n'aurait jamais dû se trouver en cet endroit. Le jeune homme marchait d'un pas ferme en direction des pleurs qui se faisaient de plus en plus insistants, avec toujours cette brise fraîche dans le nez, lorsque, à la croisée de deux chemins, entre deux arbres au tronc énorme, il fut témoin d'un spectacle tout à fait inusité.

Se trouvait là le puits tant cherché. C'était une construction très élégante en pierre, avec un treuil permettant de remonter de l'eau dans un seau. Tout autour poussaient de nombreuses plantes et fleurs multicolores. Et tout près de ce décor somptueux, un jeune garçon en pleurs tenait dans ses bras une femme inanimée au teint très pâle. Le gamin, inconsolable, caressait pathétiquement les cheveux de cette dame qui devait être sa mère. En voyant le sang sur le sol autour d'elle, Darhan sentit les larmes lui monter aux yeux.

En l'apercevant, le garçon se leva aussitôt, brandissant un couteau dans ses deux petites mains qui tremblaient. Il s'était passé une main sur le visage pour repousser ses mèches de cheveux noirs, et s'était ainsi barbouillé du sang de sa mère, ce qui lui donnait une allure redoutable et morbide.

Darhan reconnut alors celui qui avait été son ami, qui lui avait sauvé la vie, revoyant dans ses yeux la même rage et le même désarroi que ce jour où il avait tué son roi.

– Kian'jan…

– Ne t'approche pas, sale Mongol, dit-il, ou je vengerai ma mère en t'enfonçant ce poignard dans le cœur !

Puis l'enfant laissa le couteau tomber sur les dalles de pierres rouges et retomba sur ses genoux pour reprendre sa mère dans ses bras. Il la berçait, comme elle-même avait dû le bercer auparavant, avec une tendresse infinie.

– C'est l'ogre qui a fait ça, déclara-t-il en pleurant. Il vient ici depuis toujours, pour enlever les enfants et les dévorer. Ma mère a refusé qu'il me prenne. Et pour qu'il ne m'attrape pas, elle m'a caché dans le puits. Lorsque je suis remonté, j'ai vu qu'il l'avait tuée pour la punir. J'aurais tellement voulu que l'ogre s'en prenne à moi plutôt qu'à elle. Je voulais tellement qu'il revienne pour me dévorer.

Et l'enfant fut submergé de nouveau par les sanglots, son petit corps agité par des spasmes. Darhan voulut aller vers lui, mais celui-ci disparut avec sa mère, tout comme le jardin tout autour. Et il se retrouva dans l'obscurité la plus complète, avec seulement le long écho des gouttes qui tombaient sur le sol de la caverne.

– Kian'jan, mon ami, ne t'en fais pas, je vais apaiser tes tourments, je le promets.

Chapitre 8

L'ogre...

Des tisserands des quatre coins de la région étaient assis dans le jardin d'Ürgo, la plupart sommeillant à l'ombre des auvents disposés tout autour, à cette heure la plus chaude de la journée où le soleil avait atteint le zénith. Tous prenaient le thé offert par les nombreux serviteurs qui déambulaient ici et là. Sur une petite scène installée au milieu du jardin, sous une grande tente rouge et blanche, des musiciens jouaient quelques balades qu'écoutaient distraitement des spectateurs affalés sur une multitude de coussins.

Tout au long de leur vie de tisserands, ces hommes, habitués aux âpres négociations dans la convivialité la plus simple, ressentaient un certain malaise à voir tout ce luxe devant eux. Si certains se laissaient prendre au jeu et vantaient la grandeur du nouvel intendant de Kashgar, la plupart étaient suspicieux. C'est qu'Ürgo en avait beaucoup à apprendre sur la nature humaine.

– Mmmmh, Ürgo mon bel amour, j'ai l'impression que ces paysans frustes ne goûtent guère les voluptés de votre accueil.

– Bah ! ce sont des ignares.

– Tout de même… L'important, c'est de leur plaire, de les séduire, afin d'en tirer le meilleur parti pour nous.

– Très juste, madame Li-li. Mais dites-moi, ma chère, m'avez-vous déjà vu conclure une mauvaise affaire ? Une chose dont je dus regretter l'issue ?

– Jamais !

– C'est que je n'ai pas encore joué ma carte maîtresse.

Ce disant, Ürgo agita un cruchon de vin qu'il porta ensuite à ses lèvres pour en avaler une grande rasade.

Les deux coquins demeuraient en retrait à l'étage se trouvant au-dessus de la grande terrasse, cachés derrière les rideaux d'une fenêtre. Ils regardaient avec intérêt ce qui se passait dans le jardin. Le maître de maison ne devait pas être annoncé avant la tombée de la nuit, c'est-à-dire une fois que tous les gens conviés à cette réunion seraient arrivés.

Lorsque quelqu'un se présentait à la porte du jardin, le serviteur qui se trouvait là criait son nom pour l'annoncer et les autres serviteurs, d'un bout à l'autre du jardin, le répétaient afin que tous les invités soient au courant de l'arrivée d'un confrère, allié ou adversaire. Et, encore une fois, la venue d'un nouveau membre de la guilde des commerçants fut clamée à tue-tête :

– Nadir l'apothicaire !

Cette annonce fut accueillie par des hochements de tête et des sourires. Le nouveau venu n'était ni un allié ni un opposant ; c'était le vieil Afghan, Nadir, celui que tous allaient consulter pour ses connaissances concernant la science de la teinture.

En effet, le vieil homme maîtrisait comme personne la coloration des fils et des tissus, de la soie comme de la laine. Si l'on voulait le rouge le plus magnifique, ou alors un vert éclatant comme l'émeraude, il fallait consulter Nadir qui livrait parcimonieusement ses enseignements, ses pigments et ses secrets. On s'étonna seulement qu'il vînt assister à une réunion qui ne le concernait pas vraiment. Et ce jeune garçon aux yeux bandés, cet aveugle qui l'accompagnait, piqua la curiosité de certains. Toujours, le vieil homme avait refusé de prendre un apprenti. Peut-être que l'âge commençait à lui peser et qu'il se sentait prêt à transmettre son savoir.

– Les voilà ! s'exclama madame Li-li de derrière son rideau.

– Très bien ! fit Ürgo avec un sourire malicieux. Très, très bien ! Le voilà donc, notre ennemi, ce sale apothicaire ! Cet homme respecté constituera un parfait exemple de ce qui arrive lorsqu'on complote contre le nouvel intendant de Kashgar. Et ce gamin qui l'accompagne... Bwahaha ! À d'autres, mais pas à moi ! Ce ne peut être que cette satanée Mia, ma filleule. Petite chipie, si tu crois que j'ai oublié l'humiliation que tu m'as infligée en me traînant derrière un cheval ! J'ai passé des mois attaché à cette table de traction, à ne rien manger d'autre que de la bouillie. Oh, vous verrez tous ce qui arrive quand on ose s'en prendre à Ürgo le Grand ! Ma vengeance sera terrible !

Le gros bonhomme tapa deux fois dans ses mains. Deux mercenaires s'approchèrent, vêtus de lourds habits de guerre, comme s'ils étaient prêts à partir pour une longue campagne.

– Je veux que vous consultiez Narhu, le frère de madame Li-li. Il vous indiquera le chemin à prendre pour vous rendre sur les plateaux au nord de la ville, jusqu'à un hameau de fermiers nommé Gor-han.

– Oui, maître Ürgo. Et quels sont vos ordres ?

– Brûlez tout.

***

Subaï demeura dans la cabine tout le temps que dura l'appareillage de la jonque vers le cours du Huang he. Il fallait annoncer le départ en frappant un gong à intervalles réguliers, afin que tous les bateaux au mouillage dans la baie se déplacent pour laisser passer le vaisseau de guerre. Hisham, qui ne craignait aucun homme, monta sur le pont afin de donner ses ordres pour le départ, allant des soldats aux rameurs, faisant comme s'il ne savait rien de ce qui s'était passé la nuit précédente dans les cales du navire. Mais Subaï, qui avait une peur bleue du sergent Wan-feï, préférait rester en retrait. Le bateau, grâce à la force des rameurs combinée à celle du vent frais qui soufflait, commençait à prendre de la vitesse, s'éloignant peu à peu du port de Zhengzhou pour se diriger vers la prochaine escale, Keifeng, qu'il devrait atteindre d'ici quelques jours si le temps le permettait.

Hisham revint trempé de la tête aux pieds. Son visage fouetté par le vent était rouge, et sa grosse barbe, grisonnante, comme si depuis un certain temps le gros Perse avait pris un coup de vieux.

– Pouah ! quel temps ! grogna-t-il. Le vent ne cesse de souffler, et la pluie tombe à verse.

– Et Wan-feï ?

– Lui ? Il ne m'a même pas regardé dans les yeux quand je leur ai ordonné, à ses hommes et à lui, de saisir de grandes perches pour repousser les bateaux de pêche qui se trouvaient sur notre passage. Hé ! hé ! plus doux qu'un agneau...

– Eh bien, tant mieux, fit Subaï, mais moi, je ne sors pas.

– Bah... écoute, tu fais comme tu veux, mais je pense que le mieux qu'on puisse faire, c'est de mener ce bateau à bon port comme prévu et de jouer les innocents. Attendons quelques jours, jusqu'à Keifeng. Je suis sûr que ce Wan-feï va venir nous voir. Et qu'il sera même reconnaissant si nous l'aidons à réussir sa mission pour son roi.

– Tu rêves, mon vieux. Il n'est pas net, ce type.

On cogna à la porte. Hisham se leva pour ouvrir et revint avec un plateau sur lequel étaient posés deux bols de liquide fumant qu'il déposa sur la table.

– Le déjeuner est servi, maître Subaï.

– Très drôle. Qu'est-ce que j'en ai marre de bouffer des nouilles ! Depuis qu'on est chez les Jin, on ne fait que manger des nouilles

– Bah, non... Il me semble qu'on a mangé une bouillie faite avec je ne sais quelle céréale, l'autre fois.

– Beuark ! Encore pire…

Ils mangèrent tout ce que contenait leur bol respectif, résignés, dans le silence le plus complet. Il faut dire que les repas, à bord de la jonque du roi Aïzong, étaient frugaux pour nos deux gourmands ; Hisham pouvait engloutir un agneau à lui tout seul et Subaï, malgré sa petite taille, était presque capable d'en faire autant. Sur le navire de guerre, on mangeait très peu, et deux fois par jour seulement, une nourriture que préparait un cuisinier aux talents limités qui travaillait sur un feu allumé sur le pont.

Une fois son repas terminé, Subaï repoussa son bol avec sa grimace de dédain habituelle.

– Comme toujours, pas fameux. C'est ce cuisinier que Wan-feï aurait dû faire disparaître, pas le vieux rameur. Et cette fois, en plus, je ne sais quelle épice il a fourrée là-dedans. Encore un truc dont on n'a jamais entendu parler.

– Moi, je trouve que ce n'était pas assez épicé…

– Ah, bien sûr ! vous, les Perses, vous vous enverriez une pelletée de braises au fond de la gorge, que ce ne serait pas encore assez piquant.

– J'avoue que, cette fois-ci, ce n'était pas terrible…

– Pas terrible ! Je te parie qu'il a assaisonné ce truc-là avec de la bouse de vache…

Hisham rigola en s'étirant sur son siège. D'ordinaire, après un repas, il avait sommeil. Mais, cette fois, c'est un foudroyant mal de ventre qui le prit. Des crampes violentes le plièrent en deux.

– Argh… Dis donc, Subaï, t'as mal au ventre, toi aussi ?

Subaï avait le visage rouge et il grimaçait, de grosses gouttes de sueur coulant sur son front.

– Je t'ai dit qu'ils nous ont fait bouffer de la merde !

On cogna vigoureusement à la porte. Hisham, le teint vert, pris d'affreux vertiges, se leva en s'appuyant sur la table. Puis, en tirant profit de la houle qui faisait tanguer le bateau, il se précipita vers la porte qu'il heurta fortement de tout son poids en tombant à genoux. Il leva un bras qui semblait peser une tonne pour tirer le verrou et ouvrir la porte.

Devant lui se tenaient les soldats jin, l'air menaçant. Leur épée entre les mains, ils étaient tous prêts à attaquer. Tous, sauf Wan-feï qui, au premier plan, ajustait, en les tirant sur ses poignets, des gants de cuir.

– Bonjour, capitaine, lança-t-il sur un ton suffisant. Le vent qui souffle depuis quelques jours sur le fleuve Jaune a soulevé une houle désagréable, n'est-ce pas? Vous n'avez pas bonne mine.

– Wan-feï, misérable vermine! Tu... tu as versé du poison dans la nourriture.

– Du poison?! Ha! ha! ha! Quelle bonne blague!

Wan-feï, croyant son affaire gagnée d'avance, se pencha sur Hisham. Mais c'était mal juger la force du Perse, qui équivalait à celle d'un cheval. D'un coup puissant, Hisham frappa le Jin en pleine poitrine. Ce dernier, qui ne s'attendait pas à un tel geste de la part d'un homme qui venait d'avaler de la mort-aux-rats, roula violemment sur le pont, plusieurs mètres en arrière. Et ses sinistres acolytes, qui avaient déjà vu le Perse renverser à lui seul une centaine de pirates de l'Ordos, reculèrent en brandissant leurs épées devant eux comme s'ils avaient affaire à un ours enragé. Hisham, à bout de forces, referma la porte et tira le verrou.

Il eut à peine le temps de reprendre ses esprits que l'on commençait à frapper dans la porte à grands coups. Des haches fendirent le bois et faillirent lui trancher la nuque. Derrière, on entendait la voix furieuse de Wan-feï qui donnait ses ordres. Hisham se leva et avança d'une démarche titubante, tombant et retombant sur le sol.

– Subaï ! criait-il, complètement désorienté. Subaï !

Mais le petit voleur de Karakorum demeurait silencieux, affalé sur la grande table, inconscient, la figure dans ses vomissures. En voyant ce spectacle désolant, et sachant qu'il ne lui restait plus rien d'autre à faire, Hisham s'élança et attrapa Subaï au passage. La porte, derrière lui, se fracassa en mille morceaux. Pendant que Wan-feï et les siens pénétraient dans la cabine, le Perse, son jeune compagnon sur l'épaule, défonçait la fenêtre arrière de la cabine pour faire un plongeon de plusieurs mètres dans les eaux agitées du fleuve.

Il remonta à la surface, tenant Subaï tout contre lui, et aperçut la jonque qui s'éloignait rapidement.

Le pied sur le rebord de la fenêtre, un immense sourire sur les lèvres, Wan-feï le saluait en agitant la main.

– Au revoir, capitaine ! Merci pour vos gros bras et votre cervelle d'oiseau ! Ha ! ha ! ha !

Hisham crut bien que cette aventure allait se terminer au fond du grand fleuve. Il nageait péniblement d'une seule main, refusant de lâcher Subaï. Il comprenait que c'était une chose impossible, sentant très bien les grands tourbillons qui le maintenaient à l'écart de la rive, laquelle lui paraissait de plus en plus loin à mesure que ses forces l'abandonnaient.

C'est alors qu'il vit du coin de l'œil une petite embarcation qui, après avoir changé de cap, se dirigeait droit vers eux, tant bien que mal, dans les vagues et le courant.

Il fallut la force de quatre hommes pour hisser à bord du bateau le Perse qui tenait son ami inconscient contre sa poitrine. On les étendit parmi les filets de pêche et les poissons morts. Hisham ouvrit les yeux pour voir le ciel, étourdi par la houle qui secouait la frêle embarcation. Un homme se pencha au-dessus de lui. Le Perse le reconnut aussitôt, affichant un léger sourire sur son visage tordu par la douleur.

– Vieux rameur, c'est toi ?!

– Bonjour, capitaine, répondit l'autre. Je m'appelle Ji. Et je suis à votre service.

Le vieux rameur ordonna ensuite aux pêcheurs de rebrousser chemin vers la baie.

– Tenez bon, capitaine. Je connais un des médecins de Sa Majesté Aïzong. Il habite Zhengzhou. Il saura vous soigner.

***

Darhan poussa d'une seule main la lourde porte du monastère. Dans la cour, un puissant blizzard soufflait, l'obligeant à mettre son bras devant son visage pour se protéger les yeux.

Le jeune homme marcha d'un pas lent vers la bergerie, découragé, ne sachant pas comment il allait affronter le regard de son cheval et ami qui se mourait de soif. Comment expliquer à l'animal qu'il n'avait pas su trouver de l'eau et qu'il s'était perdu dans le labyrinthe souterrain dans lequel l'avait envoyé le bonze Lao ? D'ailleurs, il l'avait cherché partout, celui-là. Tout d'abord dans la grande salle du bouddha, puis à chaque étage du monastère. Il n'avait rencontré que des moines intimidés qui fuyaient au pas de course, leurs vieilles sandales claquant sur la pierre, lorsqu'ils l'apercevaient avec sa peau de loup sur la tête.

La porte de la bergerie était fermée. Darhan donna un léger coup de pied dessus. Poussée au même moment par une bourrasque, elle claqua fortement contre le mur. Le bonze Lao, qui se tenait à côté, sursauta, puis recula de quelques pas. Sur sa droite se trouvait un grand abreuvoir dans lequel Gekko et les deux chèvres buvaient. Le cheval ne prit même pas la peine de saluer son maître.

– Ah ! bonjour, jeune maître, fit Lao. Comment s'est passé votre voyage ?

Mais voyant l'état piteux de Darhan, sale et boueux, son petit seau en bois vide, sans une seule goutte d'eau, il ajouta avec un sourire gêné :

– J'ai oublié de vous dire qu'en cette saison, plutôt que de faire ce chemin hasardeux vers les puits souterrains, nous préférons faire fondre de la neige. Hé ! hé !...

***

– Depuis plusieurs années, les habitants de la ville de Lhassa racontent qu'un ogre erre sur leurs terres. Certains prétendent l'avoir vu, mais personne ne peut le jurer. On sait seulement que des enfants disparaissent, de jour comme de nuit, ce qui a créé une véritable panique d'un bout à l'autre du royaume... car, oui, on dit que cet ogre n'enlève que des enfants, dont il se nourrit... À plusieurs reprises, des dizaines de soldats aguerris se sont joints à des expéditions dans les montagnes. Soit la créature leur échappait, soit ces hommes ne revenaient jamais.

Le bonze Lao parlait d'une voix monocorde, comme s'il s'agissait d'une banale histoire. Il était à genoux sur le sol et trayait ses deux petites chèvres, qui donnaient leur lait docilement en mangeant du fourrage.

Darhan avait fini de panser son cheval. Il avait posé sur son dos un petit tapis noir et rouge que lui avait offert le moine. Rien de plus. Encore une fois, il chevaucherait sans selle ni bride, ne faisant qu'un avec l'animal exceptionnel qui semblait toujours connaître la raison de chaque voyage et la direction à prendre.

Toutes les pensées du berger allaient vers son ami Kian'jan. Comme s'il lisait dans ses pensées, le moine continuait à parler :

– Les voies des esprits sont souvent surprenantes et prennent des formes qui échappent à nos âmes humaines. Asa-Gambu a uni son désir de vengeance à celui du garçon pour venir à bout de Gengis Khān. Ensemble, ils ont accompli la prophétie de Kökötchü. C'était pour l'empereur un destin inévitable, et même les esprits qui le protégeaient n'ont su l'empêcher. Tous les deux, Asa-Gambu et Kian'jan, ont perdu des êtres chers dans ces guerres horribles qui ont ravagé le pays des Tangut au cours des trente dernières années. Et aujourd'hui, avant de faire de toi l'héritier du faucon blanc, Asa-Gambu aimerait redonner la paix à ce jeune homme qui pleure toujours la mort de sa mère…

– … et qui fut mon ami.

– C'est exact, dit le moine en levant des yeux bienveillants. N'est-ce pas remarquable comme toutes les choses se lient les unes aux autres dans une interdépendance sans équivoque ? Il en va ainsi de toute nature, qu'elle soit humaine ou spirituelle. Il y a un ogre qui dévore les enfants du Tibet. Et Kian'jan voudrait tellement être mort comme eux. Il faut maintenant que tu anéantisses cette chose immonde qui sème la terreur sur la région de Lhassa, afin de permettre aux enfants de ce pays de ne plus vivre sans cesse dans la crainte. Alors, seulement là, les larmes de Kian'jan cesseront et le faucon blanc d'Asa-Gambu sera à toi.

Darhan sortit de la bergerie en ouvrant la porte toute grande pour laisser passer Gekko. Il monta sur le dos de ce dernier en le tenant par la crinière. Aussitôt, le cheval, qui sentait qu'il y aurait de nouveau de la route à parcourir, se mit à piaffer d'impatience. Le moine s'approcha avec une outre de cuir munie d'une bandoulière.

– Tiens, ô jeune maître, bois un peu de ce lait de chèvre. Il est encore chaud.

Darhan saisit l'outre, porta le goulot à ses lèvres et avala de grandes lampées de lait. Tout son corps fut parcouru par une chaleur intense, de la tête aux pieds. Il eut la sensation que son esprit s'éveillait, que son regard devenait plus perçant. Et, surtout, il se sentit rempli d'un courage à toute épreuve, prêt à faire face à toute éventualité. Il s'étonna de l'effet bienfaisant du lait de chèvre des moines.

– Chaque fois que tu auras froid, que tu seras désorienté et que tu sentiras ton esprit s'alourdir, ce lait extraordinaire te donnera chaleur et bien-être tout comme s'il venait à l'instant d'être trait. Prends-en bien soin, il y a près de deux jours de route jusqu'à Lhassa, et la température ne sera pas clémente.

– Avec Gekko, nous y serons en moins d'une journée.

– Je n'en doute aucunement, ô Darhan le voyageur.

Le bonze Lao marcha jusqu'à la porte de la cour. Il l'ouvrit en s'appuyant sur un grand madrier qu'il poussa de toutes ses forces. La lourde porte pivota en grinçant, traçant un profond sillon dans la neige qu'entassait le vent sur son seuil. Le moine s'inclina très bas pendant que Darhan et son cheval disparaissaient dans les tourbillons de neige, sur le chemin de la montagne.

CHAPITRE 9

Ürgo le Grand...

Nadir, en compagnie de son apprenti, était allé s'asseoir avec des tisserands de sa connaissance, lesquels appartenaient à l'une des plus vieilles familles de Kashgar, qui pratiquait ce noble métier de génération en génération. Ils accueillirent avec grande joie le vieil apothicaire, lui offrant du thé et les meilleurs coussins sous les auvents, à lui et à son jeune compagnon qui s'appelait Amin. Le garçon aux yeux bandés semblait non seulement aveugle, mais aussi muet, puisqu'il se contentait de hocher la tête, de haut en bas ou de gauche à droite, lorsqu'on lui posait une question. Nadir raconta aux tisserands comment ce garçon était venu à lui. Malgré ses handicaps, cet arrière-petit-neveu, qui lui avait été envoyé par une de ses lointaines cousines, était doué d'une mémoire prodigieuse. Cela en faisait l'assistant idéal pour un homme comme lui qui avait une vaste expérience, mais dont le cerveau, il l'avouait humblement, commençait à se rouiller.

On discuta ainsi durant tout l'après-midi et jusqu'en début de soirée. Une fois que le soleil se fut couché et que tous les invités furent arrivés chez l'intendant, la réunion put commencer. Déjà, on sentait une tension entre les tenants du libre marché, et ceux qui voulaient que l'on fixe les prix de la laine et des matières premières.

Les serviteurs d'Ürgo avaient allumé un grand feu au centre du jardin, dans un foyer circulaire constitué de pierres. Et partout, entre les arbres fruitiers et les autres bosquets, brûlaient de petits feux qu'entretenaient les marchands. On sonna des cloches, et tout le monde se tut en attendant la suite. « Enfin, pensa-t-on, cette réunion va pouvoir commencer. » Ce soir, chaque partie présenterait ses arguments, ce qui se terminerait certainement très tard. Puis, le lendemain, on discuterait pour trouver un terrain d'entente, ce qui ne serait pas facile, puisque ce conflit durait depuis des lustres et qu'aucune des deux parties ne voulait revenir sur ses positions.

Après que les cloches eurent sonné assez longtemps pour que tous les convives soient exaspérés, un crieur s'avança près du grand feu d'un pas solennel, l'air prétentieux, et cria à pleins poumons :

– Mesdames et messieurs, gens de la populace, levez-vous maintenant pour accueillir votre maître : l'intendant de Kashgar, Ürgo le Grand !

Personne, en ces contrées, n'avait jamais vu spectacle plus disgracieux que celui qui suivit.

***

Aussitôt le maître annoncé, les musiciens qui attendaient sur la scène se mirent à jouer sous un éclairage charmant diffusé par des lampions de différentes couleurs. Il y avait des joueurs de kobyz et de doudouk. Résonnaient aussi de gros tambours frappés avec force sur un rythme presque martial. Par politesse, malgré l'attitude pédante de ce serviteur, les participants à la réunion s'étaient levés et applaudissaient.

Si, à l'arrivée de l'intendant de Kashgar, ces applaudissements auraient dû gagner en intensité, ce fut loin d'être le cas. Au contraire, les acclamations s'atténuèrent au fur et à mesure que se déroulait sous les yeux des invités le spectacle grotesque. La plupart étaient si incrédules qu'ils en avaient les bras ballants. Les autres continuaient à frapper mollement dans leurs mains, se regardant les uns les autres d'un air gêné, incapables de déterminer si ce qui se passait en ce moment même était réel ou faisait partie d'une pièce de théâtre que l'on jouait pour les amuser.

Ürgo, escorté par une douzaine de danseurs et de danseuses qui jouaient du dap et sautillaient dans tous les sens en lançant des pièces d'argent dans le jardin, s'avançait, vêtu d'une longue robe avec une traîne de dix mètres que tenaient des esclaves derrière lui. Ces pauvres hères, vêtus de hardes qui exposaient leur chair maigre, portaient des colliers de cuir reliés entre eux par de lourdes chaînes et marchaient tête basse dans une démonstration pitoyable de leur soumission.

Le grotesque personnage, enveloppé dans de la soie fine d'un blanc immaculé, levait les mains de chaque côté comme s'il les offrait aux baisers de tous, exhibant ses courts doigts boudinés, ornés de bagues en or surmontées de diamants et d'autres pierres précieuses. Une multitude de chaînes en or pendaient à son cou boursouflé et retombaient sur son gros ventre qui le précédait outrageusement. Ses pieds étaient chaussés de pantoufles dorées. Et sur la tête, comme dans une parodie vulgaire du calife de Bagdad, ou encore des maharadjas qui régnaient de l'autre côté de l'Indus, il portait un grand turban de près de soixante-dix centimètres de hauteur, tout incrusté de pierres précieuses et d'or.

Cette procession spectaculaire s'avança jusqu'au grand feu qui brûlait ardemment en projetant des flammèches vers le ciel étoilé. Le maître de cérémonie, ce serviteur prétentieux au visage crispé, sautillait avec les danseurs au rythme des tambourins en encourageant les gens à applaudir et à clamer :

– Vive Ürgo le Grand ! Vive Ürgo le Grand !

Ce que personne ne faisait.

Les commerçants, ces artisans du tissu qui gagnaient durement leur pain quotidien au prix d'efforts et de sacrifices considérables, demeuraient bouche bée devant une telle démonstration de grossièreté et de mauvais goût. Certains en étaient carrément choqués et ne se gênaient pas pour le montrer. D'autres, plus spirituels, décontenancés par ce spectacle ridicule, ne se retenaient plus et riaient aux larmes, pliés en deux.

Ürgo, après avoir déambulé un moment, s'aperçut qu'il ne recevait pas l'accueil escompté. Il donna quelques coups de pied aux esclaves enchaînés pour les éloigner et en profita pour se débarrasser de sa traîne. Il fit le tour du feu avec un enthousiasme démesuré, les chaînes en or cliquetant sur son énorme ventre, les bras en l'air pour réclamer son triomphe. Mais cela n'eut aucun effet. Même les musiciens, dépassés, avaient cessé de jouer et se contentaient de chasser les mouches avec leurs archets. Tout le monde dans le jardin était parfaitement silencieux, regardant d'un air aussi sévère que réprobateur ce gros bouffon au nez rouge.

Ürgo sentit une immense colère monter en lui. Il aurait voulu tous les voir brûler dans les flammes de l'enfer, mais désirait plus que tout mener à bien cette soirée qu'il avait organisée avec tant de soin. Ainsi, en bon homme de spectacle, il garda son calme malgré ce public difficile. Il sourit méchamment.

– Si vous n'êtes pas capables de reconnaître ma grandeur et de me témoigner votre respect, murmura-t-il pour lui-même, peut-être cette peur que je lirai bientôt sur vos visages vous y encouragera-t-elle. Ha ! ha ! ha !

Il tapa à deux reprises dans ses mains, et ses mercenaires se massèrent discrètement aux quatre coins du jardin.

***

– Ah, Ürgo, comme tu es beau ! Quelle bande d'ignares ! Vulgaires paysans grotesques et mal élevés. Je reconnais bien là les gens de Kashgar. Ils ne savent pas reconnaître les qualités d'un grand roi lorsqu'ils en voient un, enfin !

Madame Li-li assistait, impuissante, à l'humiliation que subissait son compagnon dans le jardin. Son visage affligé était appuyé contre les barreaux de fer d'une fenêtre, à l'étage. Elle était dans la chambre de Zara.

Cette dernière, portant une magnifique robe de chambre de soie bleue comme le ciel, était étendue sur un lit immense, parmi une multitude de coussins tous plus moelleux les uns que les autres. Derrière les grands rideaux du baldaquin, Zara dégustait nonchalamment des fruits bien mûrs dont le jus lui coulait sur le menton. À son ventre proéminent, qu'elle caressait sans cesse, elle faisait mine d'offrir un raisin ou un morceau de melon.

– Bah ! dit-elle assez fort pour que madame Li-li puisse bien l'entendre. Les gens de Kashgar sont intelligents. Ils savent reconnaître un porc lorsqu'ils en voient un.

Li-li s'avança d'un pas furieux jusqu'au grand lit et écarta les rideaux en fusillant Zara du regard. Toujours une main sur le ventre, la jeune femme demeurait affalée au milieu des coussins, la fixant d'un air innocent.

– Petite sotte ! Je vais te faire regretter tes paroles.

– Oh, Li-li… sois gentille avec moi ! Tu vas perturber l'enfant. Tu sais que ce n'est pas bon que je m'énerve. Ürgo sera de mauvaise humeur si je lui raconte ça, et il te donnera des baffes.

– C'est ça, c'est ça, fais la maligne. Tu verras, quand tu auras mis au monde *notre* fils, tu iras croupir dans les caves et nettoieras les latrines à la petite cuillère.

– Cause toujours. Sitôt que *mon* enfant sera au monde, nous allons quitter cette maison de fous. Vous ne pourrez rien y faire.

– Et comment tu vas t'y prendre ?

– Je vais m'envoler.

– Argh ! s'exclama Li-li, exaspérée. J'en ai plus qu'assez de ton attitude prétentieuse, sale môme insolente ! Ma petite Zara, dit-elle ensuite avec mièvrerie, mon bébé esclave... Moi qui t'avais si bien élevée... Qu'est-ce qui t'est arrivé au contact de ces barbares de la steppe ?

– Ces barbares dont tu lèches les bottes, soit dit en passant. Que serait cet Ürgo pour toi s'il n'était pas si riche ?

– Tais-toi ! ! ! Ürgo n'est pas comme eux ! C'est... c'est mon amour.

– Pfff... ridicule, répondit Zara en se mettant un autre raisin dans la bouche.

Madame Li-li referma le rideau, incapable de supporter plus longtemps les insolences de Zara qui, depuis que l'on avait ordonné qu'elle fût traitée comme une princesse, prenait un malin plaisir à se comporter comme telle, se montrant aussi arrogante que possible.

Après être retournée à la fenêtre, Li-li grimaça de nouveau. Visiblement, ça ne s'arrangeait pas pour Ürgo. Elle quitta la chambre d'un pas rapide. Aussitôt seule, Zara retrouva son air sérieux, arrêtant ses jeux stupides uniquement destinés à faire perdre patiente à la maîtresse de maison. Elle quitta son lit et alla à la fenêtre pour voir ce qui se passait dans la cour.

***

Ürgo marchait lentement autour du feu en défiant les tisserands du regard. Ils s'étaient tous approchés, curieux d'entendre le discours qu'allait leur tenir ce bouffon. Celui-ci se saisit d'un grand bâton qui se trouvait dans le feu et dont le bout incandescent fumait. Il le leva bien haut au-dessus de sa tête en se penchant un peu vers l'arrière. Son ventre sembla alors encore plus proéminent.

– Le feu ! s'écria-t-il d'une voix puissante pour être sûr d'être entendu de tous. Le feu qui brûle, qui nous éclaire et qui nous réchauffe, avec ses flammes vivantes, intenses ou vacillantes, mais toujours le feu pour nous rassurer !

Ürgo tenait le bâton devant lui et l'agitait en faisant tomber des flammèches sur le sol, tout près de tisserands qui reculèrent de quelques pas pour ne pas être brûlés. Nadir l'apothicaire n'était pas très loin. D'un air désolé, il assistait, en compagnie de son apprenti, au spectacle grotesque que donnait le nouvel intendant de Kashgar. Tout ce qu'il avait vu depuis son arrivée dans le jardin était encore pire que les rumeurs qu'il avait entendues.

Et Ürgo poursuivait :

– Oui, le feu ! Et pour que le feu brûle, il lui faut du bois. Il lui faut de l'air… Il lui faut l'homme ! Oui, l'être humain… pour l'alimenter, le couver, l'assurer, pour que jamais il ne s'éteigne. Car dites-moi, vous tous ici, amis tisserands, dites-moi donc ce que seraient les hommes sans le feu ?!

Ürgo avançait d'un pas lourd, martelant le sol avec ses pieds, en faisant de grands gestes exagérés en imitant le singe, ses yeux ronds tout grands ouverts et sa bouche qui articulait démesurément.

– L'homme, sans le feu, ne serait rien d'autre qu'un animal ! Une créature parcourant les déserts et les plaines, condamnée à mourir de froid dans les montagnes. Nul élevage, nulle ferme, nulle agriculture, nulle maison, nulle cité… Rien, rien et rien de ce que nous connaissons et de ce qui fait la civilisation, rien de ce qui fait de nous des êtres humains civilisés, doués de raison, rien de tout cela, amis tisserands, sans le feu ! Mais l'homme a une responsabilité envers le feu… Il doit le faire vivre. Un feu qui meurt est un échec pour l'homme, un échec pour la communauté des hommes. Les hommes et les femmes de ce monde ont une responsabilité envers le feu. Ils doivent le faire vivre ! Car qu'est-ce que le feu ? Le feu, c'est nous tous, ici présents, en cette magnifique soirée, réunis pour discuter, fraterniser et nous entendre. Voilà ce qu'est le feu. Mais le feu a besoin de combustible pour brûler, n'est-ce pas ? Et qu'est-ce que le bois, qu'est-ce que le charbon, qu'est-ce que l'huile ? C'est vous, chers artisans ! Vous tous qui travaillez chaque jour et gagnez votre pain à la sueur de votre front. Et l'homme, qui est cet homme ? Quelqu'un veut répondre ? Quelqu'un, s'il vous plaît…

Ürgo tournait vivement autour du feu, un immense sourire sur les lèvres, et pointait certaines personnes du doigt en sollicitant une réponse à sa question. Mais personne ne comprenait quoi que ce soit à son charabia, et tous demeuraient interdits et perplexes.

– Eh bien, je vais vous dire qui est cet homme. Cet homme, c'est moi : votre seigneur et maître. Celui qui doit veiller à ce que vous ne vous éteigniez jamais, à ce que toutes les conditions soient réunies pour que vous puissiez vous épanouir comme de hautes flammes, des braises virulentes et des flammèches ardentes qui montent à jamais vers le ciel.

Ürgo avait posé son bâton sur le sol. Dans un geste éminemment théâtral, il posa une main sur son front et ferma les yeux. Puis il fit un tour sur lui-même et reprit frénétiquement sa marche martiale, martelant le sol de tout son poids.

– Mais… mais… mais… je vous entends… Oh oui ! je vous entends, chers amis. Je vous entends me demander : « Mais, ô Ürgo le Grand, nous diras-tu enfin quel est cet air vital dont le feu a besoin pour vivre ? » Eh bien ! je vais vous le dire. Cet air qui nous permet de respirer, qui permet au feu de prendre ces belles couleurs jaune orangé, eh bien, cet air, c'est la confiance. Oui, oui, oui, la confiance ! C'est elle qui nous permet de discuter aujourd'hui, ensemble, et de prendre les bonnes décisions. Mais qu'est-ce qui arrive lorsque la confiance vient à manquer, lorsque le feu manque d'air ?… Il étouffe ! Et il meurt. Et toutes les entreprises se soldent par des échecs. Sans confiance, point de civilisation. Pourquoi je vous parle de tout ça ? Parce que, mes bons amis, avant que nous commencions cette réunion, le feu va avoir besoin d'air, car il en manque. Il manque de confiance, et il étouffe. Moi, j'étouffe. Le feu va mourir et cette réunion sera un échec. Car parmi vous, chers amis, ô peuple bien-aimé… parmi vous… il y a un traître! hurla-t-il furieusement.

Ürgo empoigna son bâton à deux mains, sauta dans la foule et frappa violemment le vieux Nadir à la tête. Pendant que le vieillard s'écroulait, inconscient, sur le sol, il continuait à lui donner des coups de bâton et de pied. Aussitôt, des cris de colère fusèrent parmi les tisserands, scandalisés que l'on s'en prenne à un être aussi respectable. Ils voulurent défendre le vieil homme, mais les mercenaires accoururent depuis le fond du jardin et formèrent un cercle de protection autour du feu. Deux d'entre eux se saisirent de Nadir qu'ils jetèrent aux pieds de leur maître.

– Sale vieillard! Sale apothicaire! fulminait Ürgo. Tu veux me trahir, n'est-ce pas? Tu es venu pour m'enlever mon fils! Mais qu'est-ce que tu crois? Je suis Ürgo le Grand, et je sais tout!

Et il continuait à le frapper.

Nadir, qui avait repris connaissance et se roulait sur le sol, gémissait de douleur. La foule s'agitait de plus en plus, et des projectiles commençaient à fuser de partout.

Les mercenaires tenaient bon en resserrant les rangs autour de leur maître. Mais ils ne purent retenir un jeune garçon aux yeux bandés qui se précipita sur le vieil homme en hurlant.

– Ha ! ha ! Te voilà, enfin, fit Ürgo qui se frotta les mains avec satisfaction. Sale môme, sale chipie !

Il saisit le gamin par le foulard qu'il portait sur la tête et l'immobilisa en lui tordant le bras.

– Regardez ça, gens de Kashgar, je détiens ici la preuve que ce vieux débris de Nadir est un traître. Il se promène avec ce prétendu garçon, faisant outrageusement croire à tous que c'est son apprenti. Mais il vous a bernés, ce menteur. Il vous a trompés avec sa mauvaise foi. Car, ce que je tiens entre mes mains, ce sale gamin, n'est pas plus aveugle que vous et moi. Et ce n'est même pas un garçon, c'est une fille, ma filleule, qui s'appelle Mia !

Sur ces mots, Ürgo arracha le foulard que l'apprenti de Nadir avait sur la tête. D'un second geste tout aussi disgracieux que le précédent, il tira le tissu qu'il portait sur les yeux. Il découvrit ainsi un garçon d'environ treize ans, qui hurla de honte, avec des mots incompréhensibles, car il n'avait qu'un petit bout de chair à la place de la langue. Il exposait ainsi, en criant, ses orbites sans yeux, rouges de sang. Il se trouvait que ce garçon s'appelait véritablement Amin, qu'il était aveugle et muet, et qu'il était le fils d'une lointaine cousine de Nadir.

– Mais qu'est-ce que c'est que cet horrible mioche ?! fit Ürgo en le poussant sur le sol. Tu n'es pas ma nièce Mia !

C'est alors qu'il reçut en pleine figure un gros caillou que quelqu'un, dans la foule en furie, lui avait lancé.

***

Cette fois, l'intendant de Kashgar était allé trop loin, redéfinissant par ses actions inacceptables l'idée que l'on se faisait du mauvais goût et de la grossièreté. Les tisserands scandalisés, unis pour la première fois depuis des années autour d'une même idée, se ruèrent vers lui, bien décidés à affronter les mercenaires pour pendre haut et court cet horrible intendant que leur avait imposé le khān. Certains prenaient des bûches enflammées qu'ils lançaient dans tous les sens, brisant tout dans le jardin, mettant le feu aux tentes et aux auvents.

Quelques mercenaires saisirent Ürgo qu'ils emmenèrent, à travers la foule déchaînée, jusqu'à la maison où l'attendait madame Li-li.

Ils le déposèrent sur le sol de marbre où il reprit ses esprits pendant que sa maîtresse, agenouillée près de lui, l'enlaçait.

– Ürgo, mon ami, mon amour, mais qu'est-ce qu'ils vous ont fait, ces barbares, ces chiens ? !

– Ah ! madame Li-li, c'est affreux ! dit l'ignoble bonhomme en se relevant péniblement. Votre frère a menti. Ce sale môme, ce n'était pas ma filleule.

On entendait un grabuge infernal à l'extérieur. Des pierres que l'on lançait contre la maison, et les cris des tisserands qui traitaient l'intendant de peureux et qui le sommaient de sortir immédiatement.

– Mais qu'est-ce que vous attendez pour jeter ces chiens à la porte de ma propriété ? lança Ürgo à l'un de ses officiers.

– Nous nous y appliquons du mieux que nous pouvons, ô Ürgo le Grand. Avec les mercenaires qui viennent de revenir du hameau de Gor-han, ce sera chose faite dans peu de temps.

– Et où ils sont, les chefs de ce détachement ?

– Nous voilà, ô Ürgo le Grand.

Les deux hommes se présentèrent à lui dans un état épouvantable. Leurs vêtements étaient sales et déchirés ; leurs visages, couverts de sang et de poussière, comme s'ils s'étaient retrouvés au centre d'une grande bataille.

– Mais qu'est-ce que c'est que cette allure ?! Qu'est-ce qui vous est arrivé ?

– Euh… nous avons mis le feu au hameau, comme vous nous l'aviez ordonné. Mais, aussitôt, le fermier et ses fils s'en sont pris à nous. Nous n'aurions eu aucune difficulté à les maîtriser si ce n'avait été de l'horrible chose qui les accompagnait.

– Une horrible chose ?! Qu'est-ce que ça veut dire, une horrible chose ?!

– Eh bien, nous avons été attaqués par un épouvantable cul-de-jatte…

– Un quoi ?!

– Euh… un cul-de-jatte. Un homme sans jambes qui se déplace sur ses mains. Il hurlait sans cesse et maniait l'épée comme cent hommes. Nous avons essayé d'en venir à bout, mais il nous repoussait tout le temps en portant des coups vicieux et violents. Trois de nos hommes sont tombés au combat. Ô Ürgo le Grand, ce cul-de-jatte n'était pas un homme, c'était un démon. Il criait : « Je suis Souggïs, vous m'entendez ?! Le capitaine Souggïs, et je vous enverrai tous en enfer ! »

– Bande d'incapables !

– Et… euh… ce n'est pas tout, maître Ürgo.

– Comment ça, ce n'est pas tout ?

– La nouvelle que vous aviez ordonné la destruction du hameau de Gor-han s'est répandue dans toute la campagne comme une traînée de poudre.

– Et ?

– Eh bien, les paysans ont formé une armée. Il en arrive de partout. Allez voir par vous-même.

Ürgo, accompagné de ses officiers, grimpa quatre à quatre le grand escalier qui menait jusqu'à sa terrasse. Il vit avec satisfaction que ses mercenaires jetaient les derniers tisserands hors du jardin, pendant que ses serviteurs couraient dans tous les sens avec des seaux d'eau pour éteindre les feux. Mais lorsqu'il tourna la tête, il aperçut, depuis son promontoire, des milliers de lumières dans la nuit. Descendant depuis les montagnes, arrivant du désert, les paysans affluaient de partout. Bientôt, une grande clameur se répandit dans la ville de Kashgar.

– Mais où est l'armée ? Où sont les gardes de la ville ?

– Je crois, ô Ürgo le Grand, que les gardes de Kashgar sont en train de se joindre à la foule.

– Mais qu'est-ce que c'est que ça ?

– C'est une révolution, je crois...

– Une révolution ! Contre moi ? C'est inacceptable ! Li-li ! Li-li ! Dépêchez-vous ! Il faut quitter la ville à tout prix. Faites préparer les chameaux et la caravane. Zara ! Où est Zara ? Je ne quitterai pas cette ville sans mon fils !

Ürgo courut dans le corridor jusqu'à la chambre de Zara. Il poussa la porte et entra en trombe dans la pièce. Elle était vide.

***

Subaï entendait un clapotis contre le bois. Il se leva rapidement, persuadé qu'il était sur la jonque. Seulement, il se trouvait dans un endroit qu'il ne reconnaissait pas. Il vit Hisham étendu sur un matelas, tout près de lui, et constata qu'ils étaient dans une petite pièce de forme rectangulaire avec une fenêtre. Il regarda par cette dernière et vit la baie et le canal de Zhengzhou avec toutes ses embarcations balancées par les vagues et par le vent, sous un ciel menaçant. Il comprit alors qu'il se trouvait dans l'une de ces bâtisses qui étaient construites sur pilotis et que l'on trouvait en grande quantité, tels de véritables quartiers flottants, aux abords du cours d'eau. De là, cette impression d'être sur un bateau… sans la houle, il va sans dire.

Le garçon éveilla Hisham, qui s'assit, confus, en se grattant la tête et en regardant autour de lui.

– On est où, là ? demanda-t-il, perplexe.

– Aucune idée, mon vieux. Le dernier truc dont je me souviens, c'est que j'étais à bord de la jonque et que je discutais avec toi. Après ça, plus rien.

Hisham se toucha le ventre à deux mains, puis hocha plusieurs fois la tête, au fur et à mesure que ses souvenirs lui revenaient. Il raconta à son jeune compagnon la trahison de Wan-feï et l'empoisonnement dont ils avaient été victimes. Des pêcheurs les avaient secourus. Et il lui assura que ce vieux rameur était avec eux, ce dont douta Subaï. Mais il dut se raviser lorsque, quelques instants plus tard, l'homme en question apparut sur le seuil de la porte.

L'ancien esclave de la jonque les salua en baissant la tête, avec l'aisance de ceux qui ont toujours eu la domesticité pour profession. Puis, sans dire un mot, il les invita à le suivre. Ils traversèrent une cuisine où trois vieilles dames préparaient des poissons que l'on avait empilés par centaines dans de grands paniers d'osier. Elles les accueillirent en leur offrant les tripes d'une grosse carpe puante. Subaï fit une grimace de dégoût pendant que les femmes éclataient de rire.

Le vieux rameur les conduisit à l'extérieur, sur une espèce de ponton flottant recouvert d'un toit en osier. Ils trouvèrent là trois hommes qui buvaient du thé en jouant aux dominos. Le plus âgé des trois portait une grande robe jaune remontée sur ses genoux, exposant de frêles mollets couverts de longs poils noirs.

– Je vous présente le docteur Leï, l'un des meilleurs médecins du royaume, et l'un des favoris de Sa Majesté Aïzong. Si vous êtes vivants aujourd'hui, c'est grâce à sa science exceptionnelle.

– Grâce à un antidote exceptionnel, corrigea le docteur Leï en toute humilité. Tout est dans la nature. Je ne suis qu'un vilain curieux. Il se passe des choses extraordinaires dans les intestins des vieux poissons.

Il invita les deux visiteurs à s'asseoir, puis leur servit du thé. Hisham et Subaï remercièrent infiniment le sage médecin, lui disant qu'ils regrettaient de n'avoir rien à lui offrir en échange de ses services. Le docteur Leï leur expliqua que cela n'avait aucune importance, qu'il agissait toujours ainsi pour les serviteurs du roi Aïzong qui étaient capables de grands exploits.

– Je crois que je vous dois quelques explications, dit le vieux rameur en s'asseyant près d'eux. Tout d'abord, je me présente : mon nom est Ji Kung. Et je vous suis infiniment reconnaissant de m'avoir sauvé la vie. Ce jour-là, n'eût été votre grand cœur, capitaine Hisham, Wan-feï m'aurait coupé la tête.

– Nous étions persuadés qu'il vous avait tué, puis jeté par-dessus bord, dit le Perse.

– Sitôt la nuit tombée, je n'ai pas attendu que Wan-feï et ses sbires s'occupent de moi. J'ai tout de suite plongé et j'ai nagé jusqu'à la rive. J'ai gagné Zhengzhou par la route… Je suis l'un des serviteurs personnels de Sa Majesté le roi Aïzong. Je me suis glissé en qualité d'espion parmi les rameurs de la jonque afin de garder un œil sur les trésors qui sont rapportés dans la capitale, Keifeng. Dès le départ, je me suis méfié de ce Wan-feï. J'ai compris que cette méfiance était justifiée après l'attaque des pirates de l'Ordos, lorsque j'ai vu qu'il était le seul, avec les hommes de sa compagnie, à avoir survécu. Leur plan aurait bien marché si vous n'aviez pas été là, Hisham, avec votre force étonnante.

– Et moi ?! Je n'ai pas failli y laisser ma peau, peut-être ?

– Et vous aussi, maître Subaï. Que les dieux vous bénissent. J'ai la ferme conviction que ces pirates travaillaient pour Wan-feï et les Song.

– Les Song ?

– Oui. Vous avez vu ce que contiennent les cales avant du navire… Une grande guerre se prépare contre les Mongols et le royaume Song. Ögödei Khān a signé un traité avec les

Song. Il y aura une attaque simultanée qui proviendra des frontières nord, est et sud. Les Jin essaieront tant bien que mal de résister, mais ils n'y arriveront pas. C'est la raison pour laquelle Sa Majesté le roi Aïzong s'attend à de longs sièges dans les villes, et à une guerre qui durera sûrement plusieurs années. Wan-feï est un espion et un traître, et il fera tout ce qui est en son pouvoir pour que le trésor du roi soit livré aux Song.

– Mais comment pourra-t-il faire une chose pareille ? La jonque n'est qu'à quelques jours de navigation de Keifeng.

– C'est juste. Mais des troupes song ont quitté la ville de Wuchang il y a quelques semaines. Déjà, ils parcourent le royaume Jin en récoltant des informations. Certains pêcheurs de Zhengzhou affirment en avoir vu des représentants sur la rive sud du Huang he.

– Mais pourquoi ne pas faire arrêter le bateau immédiatement ? Vous avez certainement ce pouvoir.

– J'ai eu la conviction que Wan-feï était un traître quand il s'en est pris à vous. Si je devais porter une accusation, il fallait qu'elle soit au-dessus de tout soupçon. J'ai envoyé une missive à Keifeng hier soir. Mais j'ai bien l'impression que nous allons manquer de temps pour intervenir. Il y a bien quelques bons soldats, ici à Zhengzhou, mais…

– Mais ?

Ji Kung se tut. Il regardait le fleuve et ne voulait plus rien dire, sachant que les deux aventuriers avaient clairement entendu sa demande. Le temps pressait, et eux seuls pouvaient empêcher le perfide Wan-feï d'arriver à ses fins en livrant le trésor à l'ennemi des Jin. S'ils arrivaient à contrer ce traître, Hisham et Subaï auraient droit aux plus grands honneurs. Ils n'eurent qu'à se regarder pour s'entendre en un clin d'œil. Ils acceptèrent de donner un coup de main à Ji Kung.

– Le roi Aïzong vous sera infiniment reconnaissant de votre aide, ô nobles étrangers !

– Mais, dit Hisham avec inquiétude, la jonque a une énorme avance sur nous.

– Le vent d'est souffle depuis plusieurs jours. Il y a fort à parier que le navire n'avance pas. Les fortes averses qui ont inondé la région ont gonflé le fleuve et rendent les manœuvres périlleuses. Wan-feï n'a pas de capitaine à bord. Je suis persuadé qu'il aura mouillé dans la première baie et qu'il se sera mis à la recherche des troupes song. Je suis sûr que nous avons une chance.

Après avoir remercié de nouveau le docteur Leï pour ses bons soins, ils montèrent à bord d'un bateau de pêcheurs qui leur fit quitter le canal et les déposa, en milieu de journée, sur la rive sud. Une fois là, ils prirent la vieille route qui longeait le grand fleuve Huang he.

Chapitre 10

Le voyageur des esprits...

En peu de temps, la nouvelle se répandit dans la région qu'un jeune guerrier mongol, venu du nord, cherchait l'ogre de Lhassa. Bientôt, Darhan avançait sur les routes caillouteuses de ce pays de montagnes, escorté par un groupe de jeunes hommes qui le menèrent jusque dans un petit village d'éleveurs de yacks.

Darhan se rendit dans un des nombreux monastères de cette région. Les moines tibétains étaient omniprésents, éléments importants de cette société qui vivait dans des conditions extrêmement difficiles, perchée sur les montagnes.

Le premier moine que Darhan rencontra, un petit homme en robe orangée qui cultivait un lopin de terre, fut surpris d'entendre ce voyageur, ce guerrier portant une peau de loup, lui parler de l'ogre mangeur d'enfants. Mais il se laissa vite amadouer et lui révéla qu'il connaissait un homme qui avait perdu deux enfants dans les montagnes, tombés dans les griffes de cette horrible créature. Il amena Darhan chez cet homme éploré.

Le visage de ce dernier reflétait la douleur qui l'habitait et qui l'habiterait toujours, car on ne se remet jamais de la perte d'un enfant. S'il s'agit d'un accident ou d'une maladie, on fait appel aux dieux et au bon sens. Mais lorsqu'on se fait ravir son enfant par un ogre, on souffre à jamais devant sa propre impuissance à protéger ceux que l'on aime.

Darhan cherchait le dernier endroit où l'on avait signalé une disparition. Le pauvre homme avait perdu ses enfants plus d'un an auparavant, mais il lui parla d'un autre village d'éleveurs de yacks, situé à quelques heures de route de Lhassa. C'était là, disait-on, que l'on rapportait le plus de disparitions. Plusieurs personnes avaient d'ailleurs quitté cet endroit maudit pour s'installer en ville où elles croyaient leurs enfants plus à l'abri, mais, malheureusement, l'appétit de l'ogre semblait sans limites.

C'est ainsi que Darhan se retrouva sur la route en compagnie de ces jeunes hommes.

– Il y a des gens qui pensent que votre quête est inutile, étranger, lui dit l'un d'eux.

– Ah bon ! Et pourquoi ?

– Aucun adulte n'a jamais vu l'ogre. On dit qu'il faut absolument être un enfant pour le voir. Il ne sort de l'ombre que pour enlever les enfants et les dévorer.

– On dit aussi que certains des hommes qui étaient partis à sa recherche ne sont jamais revenus. Il faut croire qu'ils l'ont rencontré.

– Alors qu'ils étaient des douzaines… Que ferez-vous, tout seul ?

– Je tuerai cet ogre et je reviendrai.

– Vous semblez très confiant.

– C'est une promesse que j'ai faite à un ami.

Darhan découvrit, haut perchée sur le flanc d'un coteau, une maison très basse, construite avec des pierres. Une vieille dame l'accueillit et accepta de lui parler, alors que tous les autres membres de la famille se cachèrent et refusèrent de lui adresser la parole, de peur d'attirer le malheur sur leur demeure. Mais la vieille dame savait lire dans le cœur des hommes, et le jeune garçon qui se présentait si dignement sur ce cheval exceptionnel ne pouvait qu'appartenir à une lignée de héros ou de chevaliers. Pour elle, il était l'envoyé des dieux. Et s'il fallait que quelqu'un libère ce pays du courroux de l'ogre de Lhassa, ce devait être lui.

Elle lui raconta que le monstre était venu chercher son petit-fils tout près de la maison, alors que ce dernier jouait avec un cerf-volant. Après être monté très haut dans les airs, le jouet avait piqué du nez pour se retrouver plus bas sur le coteau, près d'un amoncellement de grosses pierres. Tous les membres de la famille avaient entendu le petit crier, mais lorsqu'ils s'étaient rués à l'extérieur pour voler à son secours, ils n'en avaient trouvé nulle trace, excepté le cerf-volant brisé sur le sol.

– Le mont Venteux, là-bas, c'est là qu'il vit. C'est un endroit parsemé de grottes, fouetté par le vent. De là, on peut voir toute la région, les villages et les hameaux. Alors, tel un rapace, il nous observe comme on le ferait avec du bétail. Son appétit est sans fin et rien, pas même les plus hautes barricades, ne peut l'empêcher de dévorer nos enfants.

Darhan, en compagnie de la vieille dame, observa la montagne pendant un long moment. Le sommet de glace s'élevait haut, surmontant des flancs de pierre et quelques creux où s'amoncelait la neige balayée par le vent. Des oiseaux noirs volaient là, un signe qui ne trompait pas. Le berger partit seul sur la route, les jeunes hommes qui l'accompagnaient refusant de faire un pas de plus vers cette montagne maudite.

***

Un cheval galopait dans la nuit. À l'horizon, une mince ligne bleue annonçait l'aube. La cavalière chevauchait habilement en s'assurant que sa passagère, derrière elle, tenait bon. Elle arrêtait régulièrement son cheval pour observer plus en bas, vers Kashgar, un groupe de cavaliers qui la suivait. Puis elle faisait repartir l'animal au galop.

– Je suis désolée, murmura sa compagne derrière. Tellement désolée d'être si faible.

– Oh, Mia, mon amie, ma sœur, tu as tellement fait pour moi. Repose-toi. Reprends tes forces. Je mènerai ce cheval jusqu'à la cerisaie. Nous trouverons des fleurs.

Mia souriait pendant que Zara tirait ses bras pour les remettre autour de son ventre, qu'elle serra. La sœur de Darhan gardait à demi ouverts ses yeux qui étaient maintenant tout à fait blancs, sans iris ni pupille.

Appuyée à la fenêtre de cette prison qu'Ürgo avait fait aménager pour elle, Zara avait vu l'odieuse correction que celui-ci avait administrée au vieil apothicaire. Lorsqu'il s'en était pris au jeune aveugle, elle s'était retournée contre le mur, incapable d'en voir plus. Elle avait alors invoqué tous les dieux et fait toutes les promesses pour qu'ils mettent fin à ce cauchemar effroyable.

C'est alors qu'elle avait entendu la porte de la chambre s'ouvrir et se refermer. Cependant, elle ne voyait personne dans la pièce.

– Narhu ? avait-elle appelé. C'est toi ?

Mais nulle réponse. Elle avait fait quelques pas en avant et avait vu Mia qui semblait sortir de nulle part, prenant forme à travers l'ombre et la lumière. La jeune sœur de Darhan tenait à peine debout. Elle allait s'effondrer sur le sol, mais Zara l'avait rattrapée juste à temps en se précipitant vers elle et en la prenant dans ses bras.

– Mia, mais qu'est-ce que tu as ? Que se passe-t-il ?

– C'est la magie, avait-elle murmuré d'une voix faible. Elle me consume.

– Tes yeux…

– Je ne te vois presque plus, ma sœur, mon amie. Mais je suis si heureuse d'entendre ta voix. Je me suis effacée du regard des hommes pour me glisser dans le jardin en même temps que Nadir et son filleul, Amin. Mais les choses ne se passent pas comme prévu. Je suis désolée. Ürgo est encore plus fou qu'on ne le croyait. Vite… Je l'entends qui approche. Il faut y aller.

– Tu ne peux utiliser cette magie plus longtemps. Elle va te tuer…

La porte s'était ouverte avec fracas et Ürgo était entré en trombe, accompagné de quelques mercenaires.

– Zara ! avait-il crié. Où est-elle ?

Il s'était précipité vers le lit, avait tiré les couvertures et soulevé les coussins. Il avait jeté les fruits et les bonbons contre les murs, puis avait arraché les rideaux de soie qui pendaient du plafond.

– Mon fils ! Je veux mon fils !

Il ne les voyait pas. Zara pouvait sentir Mia tout contre elle. Celle-ci murmurait des prières et l'amenait dans un autre monde. Elles étaient invisibles. Zara avait pris son amie dans ses bras et s'était glissée par la porte entrouverte.

Derrière elle, Ürgo vociférait sans cesse en démolissant le mobilier à coups de pied et de poing.

– Trouvez-moi cette satanée fille ! Cette voleuse d'enfant ! Je veux mon fils !

Les pas lourds des mercenaires s'étaient fait entendre dans le corridor.

Zara avait emprunté le couloir des domestiques, tout au fond, puis le petit escalier qui descendait vers les cuisines. Le désordre qui régnait là indiquait clairement que les cuisiniers avaient fui sans demander leur reste. Quelque chose se tramait. La jeune femme était sortie par la porte qui donnait sur l'arrière de la bâtisse et avait couru aussi vite que possible, malgré sa charge, filant droit vers l'écurie. Là, à bout de souffle, elle avait laissé tomber son amie dans la paille, puis s'était effondrée à côté d'elle. Elle était épuisée et Mia était inconsciente.

Après avoir soufflé un moment, Zara s'était approchée de la fenêtre et avait constaté qu'il y avait dans le jardin une grande agitation. Des feux brûlaient, et les mercenaires d'Ürgo étaient aux prises avec une poignée de tisserands fous furieux.

Un bruit derrière elle l'avait fait sursauter. Elle s'était retournée pour voir Narhu, qui n'était qu'à quelques pas et qui la regardait, les yeux pleins de larmes. Il s'était jeté à ses pieds.

– Oh ! madame Zara, je vous demande pardon !

– Mais qu'est-ce que tu fais dans l'écurie ?

– Je me suis caché parce que j'ai trop honte. Tout est de ma faute !

– Mais de quoi parles-tu ?

– Je vous ai trahis. Je vous ai tous trahis, vous qui avez été si bons avec moi. Je suis un minable... J'ai dit à ma sœur où se cachaient madame Yoni et ses amis.

Zara s'était agenouillée devant Narhu. Elle avait pris son visage entre ses mains avec beaucoup de tendresse et de sollicitude.

– Voyons, Narhu, personne ne t'en veut. Tu as bon cœur et je sais très bien que tu as fait de ton mieux. Li-li est une femme perfide et c'est à elle, rien qu'à elle, qu'il faut en vouloir. Maintenant, aide-moi à seller un cheval. Nous allons quitter cet endroit.

Narhu s'était relevé avec enthousiasme, voyant là une occasion de se racheter. Il avait épousseté son gros bedon couvert de poussière de paille, puis était allé chercher un cheval qu'il avait sellé.

– C'est Adalhia, mon cheval préféré !

Après avoir aidé Zara à faire monter Mia, Narhu avait mené le cheval vers la porte arrière du jardin, profitant de la cohue générale et espérant que personne n'allait les remarquer. Peine perdue ; Ürgo et Li-li étaient sortis des écuries, derrière eux.

– Là ! Ils sont là ! Attrapez-les !

Tous les mercenaires s'étaient alors rués vers eux. Narhu, prestement, avait fait passer le cheval par la porte qu'il avait refermée et bloquée avec un madrier.

– Allez, Narhu, viens, monte avec moi. Nous allons quitter la ville !

– Non, madame Zara. Si je lâche ce madrier, ils passeront la porte. Allez, dépêchez-vous. Fuyez !

– Il n'en est pas question, Narhu.

– Faites ça pour moi, madame Zara, je vous en prie. Laissez-moi retenir cette porte pour vous. Je vous ai fait tellement de tort, à vous et à tous les bons habitants du hameau de Gor-han.

Sur ces mots, Narhu avait frappé le cheval sur le derrière, et la bête était partie au galop dans les rues de Kashgar.

***

Gekko escaladait le mont Venteux, grimpant sur les pierres comme si rien ne pouvait l'arrêter. Comme les chèvres de montagne, il sautillait rapidement entre les cailloux. Darhan demeurait bien appuyé contre son dos, bougeant à son rythme, au risque de se voir projeté dans les airs et de se casser le cou sur le sol.

Le mont Venteux portait bien son nom. Il était situé à l'intersection de plusieurs couloirs formés par de grandes montagnes, et le vent, qui s'engouffrait dans ces voies naturelles, le frappait directement. C'est pourquoi on trouvait peu de neige sur le versant exposé au vent, celle-ci étant toute balayée vers l'autre côté. Le froid qui régnait à cet endroit était sec et mordant. Dès que l'on arrivait là, on avait la gorge sèche et la peau du visage gelée. Darhan gardait ses mains sous la crinière du cheval pour les réchauffer. La sueur de l'animal se cristallisait et le faisait paraître tout blanc de givre.

Cela faisait plus de deux jours que le jeune homme avait quitté le monastère de Lao. Il n'avait pas dormi, ni pris le moindre repos. Il se contentait de boire ce lait de chèvre hors de l'ordinaire que lui avait donné le bonze, et qu'il n'hésitait pas à offrir à Gekko. S'il se sentait frigorifié, il lui semblait que son cœur demeurait bien au chaud ; sa tête aussi, avec ses idées bien en place, que rien n'aurait pu détourner de cette quête.

Il fallut plus d'une journée à Darhan pour faire le tour de la montagne. Mais il ne découvrit rien d'intéressant. Il ne descendit de son cheval que pour explorer plusieurs grottes. Il n'y trouva cependant aucun signe de vie. Il y avait bien, parfois, quelques traces du passage lointain de chasseurs ou de bergers, mais rien qui pût laisser soupçonner la présence d'un monstre.

Ce fut avec un certain découragement que Darhan retrouva les empreintes que son cheval et lui avaient laissées la veille sur le sol. La marche sur le versant du mont Venteux qui n'était pas exposé au vent avait été extrêmement pénible, dans une neige si épaisse qu'ils avaient parfois cru qu'ils ne parviendraient jamais à s'en sortir. Son visage de nouveau fouetté par le vent glacial, le jeune Mongol regardait plus haut, vers le sommet glacé de la montagne. Si, comme le lui avait assuré la vieille dame, l'ogre vivait là, il pouvait se trouver n'importe où. Et si c'était effectivement son domaine, ce monstre devait très bien savoir qu'un jeune homme et son cheval se promenaient dans les environs.

L'un des Tibétains qui avaient accompagné Darhan un moment lui avait raconté que cet ogre ne s'en prenait qu'aux enfants. Le géant devait craindre les adultes d'une certaine manière, ne s'en prenant à eux que quand il y était obligé, par exemple pour se défendre.

Darhan avançait maintenant sur un long escarpement qui dominait un ravin au-devant d'une large falaise de pierre noire.

« Pour être attaqué par cet ogre, il faut une chose qu'on appelle l'innocence, et que je n'ai plus, se dit-il. Une certaine vulnérabilité aussi, en apparence. »

Une pierre roula jusqu'à lui, heurtant son talon droit et l'arrachant à ses pensées. Gekko, derrière une paroi, ne le regardait que d'un œil, retournant les pierres avec son museau, comme s'il cherchait encore de l'herbe dans cet endroit désert.

– Qu'est-ce que tu as à me lancer des pierres, toi ? Tu ne penses qu'à rigoler, n'est-ce pas, gamin ?

Darhan se saisit d'une corde, puis s'approcha du cheval qui le fixait, intrigué.

– Je suis désolé de te faire ça, déclara-t-il en lui passant la corde autour du cou et en la fixant à une pierre. Je ne devrais pas. Mais je pense que tu comprendras, mon ami.

L'animal rechigna un moment, contrarié d'être attaché, mais il se rendit rapidement aux raisons de son maître et reprit son petit manège qui consistait à retourner les cailloux.

Darhan s'éloigna sur les pentes escarpées, tout en gardant un œil sur son cheval. Il trouva un endroit où il se cacha pour observer les alentours, du moins jusqu'à la tombée de la nuit. Il ne pourrait alors plus qu'écouter.

Le garçon passa ainsi la nuit à attendre. Il s'était assoupi et dormait depuis un bon moment lorsqu'il ouvrit subitement les yeux. Il s'était retourné sur le dos sans s'en rendre compte. Même enroulé dans le tapis que lui avait donné le bonze Lao, il pouvait sentir le froid mordant jusque dans ses os. Il prit une gorgée de lait chaud, pour s'apercevoir qu'il n'en restait presque plus. Il se promit que cette dernière rasade serait pour Gekko. Ce fut alors qu'il remarqua, au-dessus de sa tête, le ciel étoilé, clair et pur, comme il l'avait rarement vu. Les étoiles scintillaient comme si elles étaient bercées par les eaux limpides d'une mer géante. Il lui semblait qu'il pouvait presque les toucher. Une nette impression d'urgence l'envahit avant même que ne retentisse le cri de son cheval, qui hennit furieusement.

Darhan partit au pas de course, épée en main. En quelques instants, il fut près de Gekko qui s'était débattu si puissamment qu'il en avait cassé la corde. Même en voyant son maître, il demeura hors de lui et ne se laissa pas monter facilement.

Sur le sol tout autour, dans la poussière et la glace, le jeune homme vit des empreintes de pas immenses. La créature qui les y avait laissées devait bien mesurer près de trois mètres. Darhan calma le cheval en lui offrant le reste de lait de chèvre, puis il le lança sur la piste de l'ogre. Alors que le jour se levait, il remarqua des taches de sang sur les traces du géant et constata que de gros et longs poils noirs s'étaient coincés dans le sabot arrière droit de Gekko.

***

Zara connaissait Kashgar comme sa poche. Elle faisait filer le cheval en le guidant habilement dans les rues où, cette nuit, régnait une agitation dont elle s'étonna : des gens allaient et venaient dans tous les sens en criant. Il y avait dans l'air une grogne populaire comme elle n'en avait jamais vu.

– Sus à l'imposteur ! hurlait la foule. Mort à Ürgo !

Elle conduisit le cheval sur le chemin qui menait vers les montagnes situées au nord, en direction de cette cerisaie où, dans son délire, Mia lui ordonnait sans cesse de se rendre.

– Des fleurs, il faut des fleurs pour Koti et Darhan.

Zara pouvait voir, derrière elle, un nuage de poussière qui grossissait dans le soleil levant. Ürgo et ses mercenaires étaient sortis à cheval du jardin en piétinant sauvagement la foule, et s'étaient lancés à la poursuite des deux filles.

– C'est foutu, se découragea Zara. Je n'y arriverai pas. Ils vont nous rattraper.

– Continue, murmura Mia. Il faut continuer.

– Ton oncle nous rattrape. Cette Adalhia ne vaut rien. Narhu nous a refilé un vrai canasson.

– Ne t'arrête pas. Surtout, ne t'arrête pas.

Et Zara talonnait de plus belle cette pauvre jument qui, si elle faisait le bonheur de Narhu en lui donnant de l'affection, n'était décidément pas dotée des qualités qui faisaient les bons coursiers. Malgré cela, les deux jeunes filles arrivèrent à la cerisaie tout juste avant leurs poursuivants, alors que le soleil se levait d'une manière spectaculaire sur le jardin sauvage.

Zara lança le cheval au milieu des cerisiers pour l'arrêter aussitôt en tirant fortement sur les rênes. Mia s'était laissée choir sur le sol et rampait dans une mer de pétales roses desséchés. Zara sauta à terre et la rejoignit.

– Va-t'en, lui dit la sœur de Darhan en la regardant de ses yeux blancs. Fuis au fond du jardin. C'est ta seule chance. Ils arrivent, ils s'en viennent. J'entends les pas de leurs chevaux sur la terre.

– Je ne veux pas te laisser seule…

– Ce n'est pas moi qu'ils veulent, c'est toi… toi qui portes l'enfant de mon frère. Allez, va ! Darhan t'attend !

En entendant le nom de son amant, Zara se leva et se mit à courir du mieux qu'elle pouvait, en tenant son ventre à deux mains.

Ürgo et les mercenaires étaient entrés en trombe dans la cerisaie. Ils aperçurent aussitôt Zara qui avançait maladroitement, au loin, dans l'herbe haute, entre les grands arbres fruitiers. Et ils se lancèrent à ses trousses, la prenant en chasse sous les encouragements furieux d'Ürgo qui tenait en main son lasso.

***

Gekko grimpait frénétiquement les pentes escarpées en suivant les traces de l'ogre. Celles-ci menaient tout en haut de la montagne, sur un sentier mille fois emprunté et qui se terminait sur le seuil d'une énorme caverne aux parois rocheuses et glacées. Le cheval y entra à toute allure, tête baissée.

Ses pas résonnèrent fortement sur le sol de pierre, dans un écho qui faisait penser à celui que Darhan avait entendu dans les souterrains du monastère de Lao.

Le cheval s'arrêta et releva les oreilles, les agitant dans tous les sens en suivant les sons. Au fur et à mesure que cessait le bruit et que le silence reprenait ses droits dans la grande grotte, Darhan et Gekko entendirent nettement un grognement sourd et saccadé. Le monstre était tapi dans l'ombre et reprenait son souffle.

Le jeune Mongol coinça son épée entre sa jambe gauche et le flanc du cheval. Il mit une flèche dans son arc pendant que Gekko avançait d'un pas lent. Sur le sol tout autour, dans la faible lumière du jour que reflétait la glace, gisaient des centaines de petits os. Des ossements que l'on avait entassés partout et, pas très loin, une pyramide faite avec de petits crânes qui ne pouvaient avoir appartenu qu'à des enfants… tous ceux que l'ogre de Lhassa avait dévorés.

Entendant la respiration du monstre tout près, Darhan demeurait aux aguets, scrutant l'ombre devant lui. Et aussitôt qu'un léger mouvement fut perceptible, il lâcha la flèche qui fila droit devant.

Un cri de douleur intense retentit, accompagné d'un rugissement de fureur.

Gekko s'élança sur le côté pour laisser passer l'ogre qui fuyait. Mais une nouvelle flèche lancée par Darhan se planta dans sa cuisse droite. Le monstre tomba, mais se releva aussitôt en se retournant, dans une colère terrible.

L'ogre de Lhassa était vêtu de peaux de yacks qui recouvraient tout son corps tel un long manteau. Il portait aux pieds des bottes, fermées par des lanières de cuir, faites de l'épaisse fourrure à longs poils noirs de ces ruminants du froid. Si cet accoutrement le faisait ressembler à un sauvage, c'était surtout sa stature qui était remarquable. Plus de trois mètres qu'il multipliait presque par deux en soulevant au-dessus de sa tête d'énormes bras à la peau grise.

Son visage était hideux, présentant un nez plat et une bouche démesurée. Ses yeux étaient jaunes et injectés de sang. Sa peau gris-vert était recouverte de boursouflures et de verrues sous une longue tignasse de cheveux noirs attachés dans son dos. Le géant avait une blessure sur le côté de la tête, et ses cheveux arrachés marquaient l'endroit où Gekko l'avait frappé. Il hurla de toutes ses forces, pensant impressionner son adversaire, mais Darhan courait vers lui en brandissant son épée.

L'ogre de Lhassa essaya de lui donner un coup qu'il évita aisément dans sa course. Sautant en l'air, le jeune guerrier asséna au géant un violent coup au thorax qui le fit reculer de trois pas. La bête voulut riposter, mais frappa la paroi de pierre au-dessus de Darhan qui, encore une fois, lui envoya un coup puissant, enfonçant son épée dans son épaule, tout juste entre le cou et la clavicule. Blessé mortellement, incapable de lutter contre un adversaire aussi redoutable, le monstre s'enfuit vers la sortie.

Gekko passa en trombe à côté de son maître qui l'enfourcha d'un bond. Le Mongol s'était attendu à une résistance plus grande de la part de l'ogre. Mais la lutte s'avérait aisée. Décidé à en finir au plus vite, et ne voulant pas laisser l'ogre disparaître dans la nature, Darhan fit foncer le cheval hors de la caverne.

– Ya ! Gekko ! Ya ! Ya !

À peine à l'extérieur, ils se retrouvèrent face au monstre qui les attendait, tenant devant lui un immense pieu effilé. Gekko, incapable de réagir à temps, vint s'y empaler violemment, l'arme terrible s'enfonçant profondément dans son thorax jusqu'à ressortir derrière sa patte avant gauche.

Le choc fut si violent que Darhan fut projeté dans les airs et alla s'écraser plusieurs mètres plus loin, sur la pierre. L'ogre de Lhassa se jeta sur lui, mais déjà le garçon était sur pied et lui enfonçait son épée dans le cœur en hurlant de rage.

Le monstre tomba lourdement sur le sol, raide mort. Et le berger des steppes se précipita vers son compagnon.

Le cheval respirait péniblement en faisant un bruit effroyable. Ses yeux étaient grands ouverts et roulaient sans cesse dans tous les sens pendant qu'il frappait le sol avec sa tête, luttant contre la douleur.

– Gekko, murmurait Darhan, les yeux pleins de larmes. Par tous les dieux, les esprits et les ancêtres, ce n'est pas possible. Faites que ce ne soit pas vrai. Pas toi, Gekko. Pas toi. Non…

Et le cheval cessa de respirer. Sa tête retomba lourdement sur la pierre. Darhan pleura toutes les larmes de son corps, enlaçant son compagnon, se collant contre lui, enfouissant profondément sa tête dans sa crinière, pour sentir et ressentir désespérément sa chaleur, son odeur, son ami…

… tandis que le vent impitoyable les enterrait sous la neige et la poussière.

***

Le temps, irréel, semblait avoir duré une éternité. Si bien que, lorsqu'il releva la tête, il faisait un magnifique soleil. Le nuage était passé, mais le vent poursuivait son œuvre et continuait à souffler sur le mont Venteux. Le jeune homme aurait cru mourir avec son cheval, n'eût été ces voix qui l'appelaient.

– Darhan ! fit l'une d'elles.

– Ohé ! Darhan ! fit une autre.

Darhan regarda autour de lui pour voir d'où venaient ces cris. Et là, à son grand étonnement, il vit des enfants qui sortaient en courant de la grande caverne de l'ogre. Ils criaient son nom en se chamaillant et en riant pendant qu'il se frottait les yeux d'incrédulité. Et au milieu de cette joyeuse bande, il reconnut le garçon qui pleurait au bord du puits. Il reconnut le petit Kian'jan, son ami.

Celui-ci lui envoya la main. Puis tous les gamins, garçons et filles, se mirent à sautiller autour de l'ogre en rigolant, avant de détaler à toutes jambes. Darhan se leva et les poursuivit.

– Eh ! attendez-moi ! cria-t-il. Mais attendez-moi !

Le ciel était d'un bleu magnifique au-dessus des hautes montagnes de l'Himalaya. Le soleil était éclatant et le vent piquait doucement le visage. Sur un grand plateau rocheux qui s'avançait au-dessus du vide, Darhan courut derrière les enfants.

Et ils s'élancèrent, tous autant qu'ils étaient, en ouvrant les bras. Puis, comme frappés par les rayons du soleil, ils se transformèrent en petits oiseaux et se mirent à voleter dans tous les sens.

Darhan continuait sa course. Il se jeta à son tour dans le vide immense en déployant les bras, et fut frappé par un grand rayon lumineux.

Il sentit l'air le prendre sous les aisselles, puis sous les bras pour le soulever encore et encore. Avec ses yeux grands ouverts, de son regard perçant, il contemplait maintenant les montagnes aux neiges éternelles qui s'étendaient à l'infini devant lui. Ses bras étaient devenus de puissantes ailes aux plumes blanches et argentées. Il planait à grande vitesse au-dessus du monde, guidé par une voix qui l'appelait, par un cri du cœur, un cri d'amour.

***

Un vent glacial soufflait, comme on n'en avait jamais vu dans les montagnes de Kashgar. Dans le ciel bleu défilaient à une allure folle de longs nuages gris. Au-dessus de la grande cerisaie, les pétales roses tourbillonnaient parmi les longues herbes.

Zara avait couru tant qu'elle avait pu. Mais son ventre lourd commençait à être douloureux. Et en elle, elle le sentait si bien, l'enfant bougeait. Elle s'était agenouillée, puis s'était retourné, éplorée.

Les cavaliers l'avaient rattrapée. Ils formaient devant elle un grand demi-cercle duquel Ürgo se détacha pour s'avancer vers elle. Ses forces l'abandonnaient. Elle ne savait plus que faire.

– Mon fils, dit Ürgo. Je veux mon fils, sale voleuse d'enfant.

Zara, épouvantée, regardait le gros homme qui la menaçait du poing en tenant son lasso.

– Mon enfant, répéta-t-il.

– C'est un cauchemar, murmura la jeune femme. Tout cela n'est qu'un épouvantable cauchemar.

– Cet enfant appartient à notre famille. Et moi, j'en suis le chef. Il m'appartient!

Ürgo avait maintenant dénoué son lasso et s'approchait d'elle à pas lents, comme s'il avait voulu attraper un mouton indocile.

– Zara, mon bébé, fit madame Li-li. Je t'en prie, mon petit cœur, sois raisonnable et redonne-nous notre enfant.

– Non, répondit Zara qui serrait les poings en fixant les affreux personnages d'un regard dur.

De grosses larmes coulaient sur son visage. Ses cheveux sales et défaits s'agitaient dans le vent qui soufflait avec force en arrachant les feuilles des arbres.

– Zara, je t'en prie.

– Non ! cria-t-elle de nouveau. Non, non et non !

Et cette fois, furieuse, au désespoir, elle hurla à pleins poumons, d'une voix aussi puissante que déchirante :

– Darhan ! Darhan !

Et le gros Ürgo fut renversé sur le dos pendant que, derrière, les chevaux s'emballaient avec les cavaliers qui n'arrivaient plus à les maîtriser.

La voix effroyablement triste de la petite Zara montait avec le vent dans un immense tourbillon de feuilles et de pétales qui gagnait les nuages en s'étirant avec eux dans l'horizon.

Et on vit alors le ciel se déchirer. Un immense oiseau blanc en descendit à toute vitesse, toutes ailes déployées.

La jeune femme leva les bras, et le grand oiseau la saisit délicatement avec ses serres. Il plana un moment au-dessus de la cerisaie, avant de reprendre les courants d'air ascendants pour remonter vers le ciel, porté par les tourbillons rose et vert de feuilles et de fleurs.

Zara, à califourchon sur son dos, le serrait tout contre elle, sentant l'odeur délicieuse des plumes blanches et argentées. Elle murmurait sans cesse, collée contre le grand faucon qui volait à une allure vertigineuse, au-dessus du désert, de la steppe et des montagnes :

– Des ailes… Je savais qu'il allait me pousser des ailes…

Lexique

Apothicaire : Précurseurs des pharmaciens. Ils préparaient et vendaient les drogues et les médicaments pour les malades.

Caravansérail : Lieu accueillant les marchands et les pèlerins le long des routes.

Chaman : Prêtre et magicien des religions chamanistes pratiquées en Asie centrale et en Amérique du Nord. Il communique avec les esprits par l'extase et la transe.

Dap : Tambour sur cadre, fait de bois et de peau animale, auquel s'ajoutent des anneaux de métal ou des grelots pour les tintements.

Doudouk : Instrument à vent originaire du Moyen Orient, apparenté au haut-bois.

Eriqaya : Actuelle Yinchuan. Elle était la capitale du royaume tangut.

Gobi (désert) : Grand désert du nord de la Chine et du sud de la Mongolie. Son nom signifie « désert » en langue mongole.

Han : Désigne l'ethnie chinoise. La dynastie Han régna de 206 av. J.-C. à 220 ap. J.-C.

Helanshan (mont) : Chaîne de montagnes servant de frontière naturelle contre les vents du désert de Gobi.

Himalaya : Chaîne de montagnes abritant les plus hauts sommets du monde, dont 14 culminants à plus de 8000 mètres. L'Everest est le plus haut de tous avec son sommet à 8850 mètres.

Huang he : Dit « le fleuve Jaune ». Deuxième plus long cours d'eau de Chine. Il fertilise toute la plaine nord de la Chine.

Issyk-Köl (lac) : Grand lac situé à une altitude de 1 600 m dans le nord des monts Tian Shan dans l'actuel Kirghizstan.

Jin : Dynastie Jin (1115-1234). Originaires de Mandchourie ; les Jin consolidèrent un puissant empire qui s'étendait de la Corée, au nord, jusqu'à l'Empire Song, au sud. Ils firent de Pékin leur capitale. L'empire fut détruit par Ögödei Khān, troisième fils de Gengis Khān.

Jonque : Bateau à coque compartimentée, à voiles entièrement lattées, utilisé traditionnellement en Asie.

Kaboul : Capitale de l'actuel Afghanistan. Son histoire est une suite ininterrompue de destructions et de reconstructions.

Kachgar : Ville de Chine, capitale du Xinjiang. Cette ville fut, de tout temps, un passage obligé sur la route de la soie. Sa position stratégique fit de sa possession un enjeu capital dans les grandes guerres qui dévastèrent l'Asie centrale.

Karakorum : Capitale de l'ancien Empire mongol, dont les ruines se situent au sud d'Oulan-Bator, capitale de la Mongolie moderne.

Keifeng : Capitale impériale de la dynastie Song jusqu'à sa chute aux mains des Jin. Elle sera pillée par les Mongols d'Ögödẹi Khan en 1233.

Khān : Titre porté par les souverains mongols. Il signifie « empereur » en langue mongole.

Kobyz : Instrument à cordes traditionnel originaire de l'Asie, à caisse de résonance ouverte, de la famille des vièles.

Kuriltaï : Assemblée des chefs des tribus mongoles. Tous les Khāns étaient élus par le Kuriltaï.

Lhassa : Capitale du royaume du Tibet depuis le XVIIe siècle. Signifie la terre des dieux.

Ordos : Région désertique au sud du désert de Gobi, encerclé au nord et à l'est par le fleuve Huang he.

Pékin (Beijing) : Capitale de la Chine moderne. Elle fut celle de la dynastie Jin, jusqu'à leur soumission aux envahisseurs mongols. Kubilaï Khān, petit-fils de Gengis Khān, en fit sa capitale lors de son accession à la tête de l'Empire en 1259.

Perses : Peuple descendant des Achéménides (VIe-IVe siècle av. J.-C.) et des Sassanides (IIIe-VIIe siècle apr. J.-C.) qui imposa sa culture à l'ensemble de l'Iran contemporain.

Qiyat : Tribu mongole d'où est issu Temujin-Gengis Khān.

Song : Dynastie Song (960-1279). Grande dynastie qui contrôla la Chine (960-1127) avec Keifeng pour capitale, puis Hangzhou (1127-1279) à la suite de la prise de Kaifeng par les Jin. Elle fut annexée par la dynastie mongole Yuan en 1279.

Taklamakan (désert) : Désert d'Asie centrale. Passage obligé de la route de la soie vers l'Extrême-Orient. Ce mot signifie à peu près « l'endroit d'où on ne revient pas ».

Tangut : Appelé Xi-Xia par les Chinois (982-1227). Royaume fondé en 982 par des tribus tibétaines dans les plaines du Sichuan. Il fut détruit par les Mongols en 1227.

Tian Shan (monts) : Chaîne de montagnes d'Asie centrale située à l'ouest du désert de Taklamakan. Le plus haut sommet (pic Pobedy) culmine à 7439 mètres.

Tibet : Vaste et puissant empire fondé par Songsten Gampo au VIIe siècle.

Wuchang : Moderne Wuhan avec les villes d'Hankou et Hanyang. Wuchang fut renommé de tout temps pour les arts qu'on y pratiquait, spécifiquement la poésie. Elle fut déclarée capitale provinciale sous la dynastie mongole Yuan.

Zhengzhou : Ville dont l'histoire très ancienne date de plus de 3600 ans. Elle fut la capitale des dynasties Shang, Sui, Tang et Song.

SYLVAIN HOTTE
DARHAN
LA FÉE DU LAC BAÏKAL
SYLVAIN HOTTE
DARHAN
LES CHEMINS DE LA GUERRE
SYLVAIN HOTTE
DARHAN
LA JEUNE FILLE SANS VISAGE
SYLVAIN HOTTE
DARHAN
LES MÉTAMORPHOSES
SYLVAIN HOTTE
DARHAN
L'ESPRIT DE KÖKÖTCHÜ
SYLVAIN HOTTE
DARHAN
LA MALÉDICTION
LES INTOUCHABLES
SYLVAIN HOTTE
DARHAN
L'EMPEREUR OCÉAN
LES INTOUCHABLES
SYLVAIN HOTTE
DARHAN
LE VOYAGEUR
LES INTOUCHABLES

DARHAN

LEONIS

L'Offrande suprême - Tome 12

En librairie le 19 novembre 2008